10分で読めるお話

6年生

［選者］
日本児童文学者協会元会長
木暮正夫
日本児童文芸家協会元理事長
岡 信子

Gakken

もくじ

10分で読めるお話 6年生

お話を読む前に

日本児童文学者協会元会長
木暮正夫《こぐれまさお》

この本には、六年生のみなさんにぜひ読んでほしい内外の優《すぐ》れた読み物が十編《ぺん》と、二編《へん》の詩がおさめられています。ある読書調査《ちょうさ》によると、小学校の高学年から、読書の量がぐっと下がってしまいますが、なぜなのでしょう？　理由はどうあれ、人間形成のいちばん大切な高学年のいまこそ、六年生にふさわしい広く深い読書をしてほしく、この本を編《あ》みました。

内容《ないよう》は六年生の読書力や、読書への関心や興味《きょうみ》を十分に考慮《こうりょ》し、さらには「一話が十分間くらいで読める長さ」であることも、選定の基準《きじゅん》の一つにしています。短時間でも読みきれるうえ、内容《ないよう》が変化に富んでいて、しかも読みごたえがありますから、「朝の読書」などにも大いに活用してください。みなさんが、「やっぱり、読書っておもしろいなあ。中学生になってからもたくさん読むぞ」と、思ってくれるような、中学校での読書生活への橋わたしの一冊《さつ》になることを、強く希望しています。

シャボン玉の術《じゅつ》で人気を集める手品師《てじなし》の悲しい秘密《ひみつ》とは。

ハボンスの手品

作・豊島與志雄《とよしまよしお》

絵・小林敏也《こばやしとしや》

一

むかし、トルコに、ハボンスという手品師《てじなし》がいました。

三角のぼうしをかぶり、赤や青の着物を着、ひとりの子どもを連れて、いなかの町々をまわり歩きました。

そして、町の広場に*むしろを広げて、いろんな手品をして見せました。

しゃちほこ立ちや、棒《ぼう》のぼりや、金輪《かなわ》の使い分けや、おかしなおどりなどをたいこをたたきながらやるのです。

けれども、そういう広場の手品師《てじなし》の生活は、楽ではありませんでした。見物人が放ってくれる金はごくわずかなものでしたし、そのうえ、天気の良い日にしかできないのです。雨が降《ふ》ったり、雪が降《ふ》ったりするときには、宿屋《やどや》の中に、ぼんやりしていなければなりません。

ある年の冬、毎日毎日冷たい雨が降《ふ》りつづきました。

ハボンスと子どもとは、山おくの小さな町に行っていましたが、広場に出て手品を使うこともできず、きたない宿屋《やどや》の部屋に閉《と》じこもっていました。そして、早く天気になって、美しい金輪《かなわ》を使い分けたり、思うさまおどりくるったりして、広場に集まっている人たちを喜《よろこ》ばしてやりたいものだと、それればかりを待っていました。

けれども、なかなか天気になるもようがないばかりでなく、ちょっとしたかぜの心地《ここち》でいた子どもが、だんだん苦しみだしてきました。

ハボンスは、心配で心配でたまりませんでした。かわいい子どもに死なれでもしたら、自分は世の中にひとりぼっちになってしまって、なんの楽しみもな

＊むしろ…わらや、いぐさ、竹などを編《あ》んだしき物。

くなるのです。

それで、夜も昼もつきっきりで子どもの看病《かんびょう》をしました。けれども、子どもの病気はひどくなるばかりです。町でいちばん良い医者にもかけてみましたが、なんのかいもありません。四、五日ののちに、とうとう死んでしまいました。

ハボンスはひどく泣き悲しみました。一度に十も二十も年をとって、老《お》いぼれたようになりました。

そしてもう、自分はどうなってもかまわないという気で、金輪《かなわ》や、棒《ぼう》や、たいこなど、手品の道具も売りはらい、持っていた金もみな出してしまって、できるだけ立派《りっぱ》な葬式《そうしき》をしてやりました。

それからハボンスは、宿屋《やどや》のきたない部屋にひきこもって、ぼんやりしていました。もう世の中に用もないから、死んでしまおうかと考えましたが、どうして死んだらよいかわかりませんでしたし、また、亡《な》くなった子どものことを忘《わす》れようとも考えましたが、なかなか忘《わす》れられませんでした。そして、ふと、その山おくに住んでいるという魔法使《まほうつか》いのうわさを思いだしました。

それは名高い魔法使《まほうつか》いで、死んだ者を生き返らすこともできるし、生きている者をすぐに死なせることもできるし、なんでもできないことがないというのです。

「その魔法使《まほうつか》いのところへ行って、死んだ子どもを生き返らしてもらうか、自分を死なしてもらうか、どちらかにしてもらおう。」

そう決心して、ハボンスは、残っているわずかな金で食べものを買って、それを肩《かた》にしょい、山おくの魔法使《まほうつか》いをさがしに、雨の中をひとりで出かけました。

二

ハボンスは、しだいに山深く進んでゆきました。腹《はら》がすくと、背中《せなか》の包みから食べものを取りだして食べ、夜は木の下や、岩かげにねました。どこに魔法《まほう》使《つか》いが住んでいるかわかりませんでしたが、ただ山深いところというのを目当てに、一心にたずねあるきました。

そしてある日の夕方、大きな森のおくに、火の光を見つけだして、ハボンスはおどりあがらんばかりに喜《よろこ》びました。つかれきってるのも忘《わす》れてしまって、火の光の方へ走りだしました。

森のおくのがけのところに、大きなほら穴《あな》がありまして、その中でひとりのばあさんが、真っ黒ななべでなにか煮《に》ていました。ハボンスは、そのそばまで行って、地《じ》べたに手をついて頭をさげました。すぐには口もきけませんでした。

「おまえは、こんなところへ、なにしに来たのだ。」

がーんとひびくような声で、ばあさんがたずねました。ハボンスは、こわごわ顔をあげて、これまでのことを話しました。

「そういうわけでございますから、亡《な》くなった子どもを生き返らしてくださいますか、わたくしをこのまま死なしてくださいますか、どちらかにしてくださいませ。わたくしは手品使いでございますし、あなたは魔法使《まほうつか》いでございますから、いわばわたくしはあなたのちっぽけなお弟子《でし》みたいなものであります。その*縁故《えんこ》によりまして、どうかわたくしの願いをかなえてくださいま

*縁故《えんこ》…人と人とのつながり。

せ。このとおりお願いいたします。」

ハボンスは、泣かんばかりにたのみました。魔法使《まほうつか》いのばあさんは、それをだまって聞いていましたが、しまいに気《き》の毒《どく》そうな顔をして言いました。

「なるほど、手品と魔法《まほう》とは縁《えん》があると言えば、言えないこともないから、できることならおまえの願いを聞いてあげたいが、それだといって、もう土の中にうずまって長く経《た》っているおまえの子どもを生き返らすことは、わたしの力にもおよばないよ。」

「それでは、わたくしを死なしてくださいませ。あの子がいなければ、わたくしは生きていても、かいのない身でございますから。」

「まあ、そう短気をおこしたところで、しようがない。わたしがいいようにしてあげるから、あしたの朝まで待っていなさい。」

そしてハボンスは、ばあさんに色々なぐさめられて、その夜は、ばあさんのほら穴《あな》の中にとまりました。

翌朝《よくあさ》になると、魔法使《まほうつか》いのばあさんはハボンスを呼《よ》んで言いました。

「考えてみると、おまえの心はいかにもかわいそうだ。わたしが少し、力を貸《か》してあげよう。ここにむくろじ＊の実と銀のはち＊がある。このはちに、むくろじの実のしるをしぼって、それでシャボン玉をふいて空に飛ばすと、そのシャボン玉がなんでもおまえの思うとおりのものになる。死んだ子どもに会いたいときには、心でそう思えば、シャボン玉が子どもの姿《すがた》になる。試《ため》しにやってごらん。」

　そして、ばあさんは、両手でにぎりきれないほど大きなむくろじの実と、小さな銀のはちとを差しだしました。

　ハボンスはたいそう喜《よろこ》んで、言われるとおりにシャボン玉をふきました。

「わたしの死んだ子どもになれ、子どもになれ。」

と、心の中で言いますと、シャボン玉が子どもの姿《すがた》になって、にこにこ笑いながら空高く飛んでいきました。ハボンスはびっくりしてしまいました。

「子どもばかりじゃない、なんでもおまえの思うとおりのものになるんだよ。」

と、ばあさんは言いました。

＊むくろじ…むくろじ科のたけの高い木。秋・冬には葉が落ちる。その実は、せっけんの代用として、古くから用いられた。

＊はち…皿よりは深く、上の方が広がっている食器。

そこでハボンスは、今度は馬にしてみようと思いますと、まったくそのとおりに、シャボン玉が馬になって飛んでいきました。

「それさえあれば、おまえはまだ生きてゆけるだろうね。」

と、ばあさんは言いました。

「だけど、こんな魔法《まほう》はめったに使うものではない。わたしはただ、おまえがかわいそうだから教えてあげたのだ。そのかわり、よく覚えておきなさい。このむくろじの実がなくなるといっしょに、おまえの体もあわとなって消えてしまう。だから、長く生きていたければ、大事に使うがよい。それから、わたしのことはだれにも言ってはならないよ、良いかね。」

ハボンスは、生き返ったような気持ちがして、ばあさんのことはだれにも言わない約束《やくそく》をし、厚《あつ》くお礼を述《の》べて、むくろじの実と銀のはちをかかえて帰っていきました。

三

ハボンスは、うれしくてたまりませんでした。自分の望むときには、いつでも死んだ子どもの姿《すがた》が見られるのです。

そのうえ、どうせ死んでしまおうと思ったくらいですから、長く生きていたい気もありませんので、むくろじの実のあるかぎり、みごとなシャボン玉をふきあげたら、国いちばんの手品使いの名前を残すにちがいありません。

「これからひとつ、死《し》に花《ばな》をさかしてやろう。」

そう思ってハボンスは、ちょっとした手品なんかを使いながら、旅費《りょひ》をこさえて、とうとう都《みやこ》までのぼってきました。そして、都《みやこ》の中のいちばんにぎやかな広場にむしろを広げ、むくろじの実のしるを銀のはちの中にしぼって、竹の管《くだ》でシャボン玉をふきあげました。

「さあさあみなさん、昔からいままで、世界にまたとないシャボン玉ふきのハボンス。目の楽しみ命のせんたく、息のあるうちに見ていかっしゃれ。天気はよし、風はなし、あれあれ、シャボン玉が飛ぶわ、飛ぶわ。飛んだシャボン玉が、なんでもござれ望みどおりのものになるという、不思議な不思議な芸《げい》当《とう》はこれから。さあ、ご注文、ご注文……。」

そして、彼《かれ》はあたりに立っている見物人を見回しました。

「すずめ。」

と、だれかが声をかけました。

「よろしい、すずめ。」

そうこたえてハボンスは、シャボン玉を一つふきあげながら、

「すずめになーれ、すずめになれ。」

と、口の中で唱えますと、不思議にもシャボン玉がすずめになって、飛んでいきました。

「お次は。」

「へび。」

「よろしい、へび。」

ハボンスは、また一つシャボン玉をふいて、

「へびになーれ、へびになれ。」

と、口の中で唱えますと、へびになって飛んでいきました。

さあ、見物人たちはたいへんなさわぎでした。いままで見たことも、聞いたこともない不思議きわまる芸当《げいとう》です。広場いちめんに人立ちがして、それぞれ、ねこだの、馬だの、犬だの、花だの、ちょうだのと、いろんな注文を出しました。すると、ハボンスのシャボン玉は、言われるとおりのものになって飛んでいきました。

やがて、銀のはちの中のむくろじのしるがなくなりかけますと、ハボンスはさびしそうな顔でつっ立ちました。

「今日の芸当《げいとう》は、これでおしまい。あとはまたあしたのこと。そこで、今日の打ち止めとして、この世界一のシャボン玉ふきのハボンスの、亡《な》くなった子どもをお目にかけます。それがすんだら、子どもの追善《ついぜん》*として、いくらでも

＊追善《ついぜん》…死者のめいふくをいのるため、善《よ》いことを行うこと。

よろしいから、お金をここに放っていかっしゃれ。芸を見せた料金ではない。子どもの追善《ついぜん》のために、喜捨《きしゃ》さっしゃれ。」

そして彼《かれ》は、残りのしるで大きなシャボン玉を一つふきあげて、

「わしの子どもになーれ、子どもになれ。」

と、口の中で唱えました。

するとシャボン玉が、亡《な》くなった子どもの姿《すがた》となって、にこにこ笑いながら、空高く消えていきました。ハボンスは、その方へ手を合わせて、じっと見送りました。

おおぜいの見物人は、もうかっさいすることも忘《わす》れて、酔《よ》ったようになっていました。それから、ふと思いだしたように、ばらばらと四方から金を放りはじめました。

「もうよい、これでよい。そんなにたくさんはいらない。」

そう言ってハボンスは、むしろの上の金を拾いはじめ、銀のはちとむくろじの実とをふところにしまい、むしろを巻《ま》きおさめて、宿の方へ、帰っていきま

*喜捨《きしゃ》…神社や寺、貧《まず》しい人にほどこしをすること。

した。たくさんの人が、宿屋《やどや》の前までぞろぞろついてきました。

四

ハボンスの評判《ひょうばん》は、一日のうちに都中《みやこじゅう》へ広まりました。ハボンスが出てくる広場には、朝の暗いうちから、見物人が、立ちならびました。

ハボンスは、むくろじの実のなくなるまでと思って、毎日広場へ出かけました。そして、いろんなものの形をシャボン玉でふきあげて、しまいには、いつも自分の子どもの姿《すがた》を見せました。そうして集まった金は、びんぼうな人たちにめぐんでやりました。

ところがある朝、ハボンスがいつものとおり出かけようとしていると、その小さな宿屋《やどや》へ、王様からむかえのかごがまいりました。

「おまえの不思議な芸当《げいとう》を聞かせられて、王様がぜひ、一度見たいとおおせになっている。これからさっそく来てもらいたい。」

そう、使いの者は言いました。

ハボンスは、王様よりも、おおぜいの人に見てもらいたいと思いましたが、一日でよいからとたのまれましたので、むかえのかごに乗って御殿《ごてん》へまいりました。

御殿《ごてん》の中の美しい庭で、王様はじめ多くの家来《けらい》の前で、ハボンスは不思議なシャボン玉の芸をして見せました。

王様はすっかり感心されました。

「おまえは、だれからその芸を教わったのか。」

と、王様はおたずねになりました。

「それは、ゆえあって申しあげかねます。」

と、ハボンスはこたえました。

「それでは無理にはたずねまい。だが、おまえの芸は、まったく世界に二つとは見られないものだ。どうだ、今日からこのわしに仕《つか》えてはくれまいか。」

「それもお受けいたしかねます」と、ハボンスはこたえました。

「なぜかと申しますと、わたくしはもう間もなく、あわとなって消えてしまわなければならない身の上でございます。」

王様はおどろかれました。そして、色々たずねられましたが、ハボンスはどうしてもその訳《わけ》を申しませんでした。

「あした、町の広場までおいでくだされば、なにごともよくおわかりになります。」

そうこたえるだけでした。

王様は、たいへん残念に思われましたが、どうもしかたがありませんので、翌日《よくじつ》町の広場に、出向くことを約束《やくそく》され、なおまた、世界一のシャボン玉ふきという名をお許《ゆる》しになりました。

ハボンスは、もうこれで自分の望みもかなったと思いました。そして、あしたこそ、亡《な》くなった子どものあとを追って、消えてしまおうと決心しました。

五

いよいよ、翌日《よくじつ》になりますと、町の広場はたいへんなさわぎです。王様は、おおぜいの家来《けらい》を連れてやってこられます。都《みやこ》の人たちは、その話を伝えきいて、今日のハボンスの芸を見落としてはならないと、我《われ》も我《われ》もと出かけます。都中《みやこじゅう》の人たちが、その広場に集まったのです。

ハボンスは、もう、今日は終わりだというので、赤、青、黄、むらさきなどの美しい筋《すじ》の入った着物をつけ、金色の、三角のぼうしをかぶり、「世界一のシャボン玉ふきのハボンス」という旗《はた》を立てて、静かに広場の真ん中に現《あらわ》れました。

四方から、かみなりのようなはくしゅかっさいが起こりました。

「さてみなさん、これから世界一のシャボン玉ふきハボンスの芸当《げいとう》、よくよく目をとめて見ておかっしゃれ。芸の長いは、たいくつとやら、二つ三つでおしまいとします。」

そして彼《かれ》は、魔法使《まほうつか》いのばあさんからもらったむくろじの実を取りだし、種のまわりに残ってる肉をすっかり、銀のはちにはぎ落とし、それに湯を差して、わずかばかりのしるをこしらえました。

それから、竹の管《くだ》を取って、はちのしるでシャボン玉をいくつかふきあげました。

それに日の光がきらきらと、美しく映《うつ》りました。

それから、最後の芸にとりかかって、まず、竜《りゅう》の姿《すがた》をふきあげ、次に*鳳凰《ほうおう》の姿《すがた》をふきあげました。竜《りゅう》と鳳凰《ほうおう》とがもつれあいながら、空高く飛びさるのを、あたりの人たちは息をこらしてながめました。

「いよいよ、最後の打ち止め、世界一のシャボン玉ふきハボンスの子どもの姿《すがた》。」

そう言ってハボンスは、残りのしるをみな、竹の管《くだ》に吸《す》い入れ、ふーっと、一つの大きなシャボン玉をふきだしながら、

*鳳凰《ほうおう》…古代中国で尊《とうと》ばれた伝説の鳥。おすをほう、めすをおうという。前はキリン、後ろはシカ、くびはヘビ、尾は魚、背《せ》はカメ、あごはツバメ、くちばしはニワトリに似《に》た形をしてる。

「わしの子どもになーれ、子どもになれ。」
と、口の中で唱えますと、シャボン玉が子どもの姿《すがた》になって、にこにこ笑いながら空へのぼっていきました。

人々は、その子どもには見覚えがありますから、例の子どもだなと思っていますと、子どものあとから、大きなシャボン玉がふわりふわりとのぼっていきました。おや、と思って気がついてみると、いつの間にか、ハボンスの姿《すがた》が消えてなくなっていました。

不思議なことだと、人々があきれかえっているうちに、子どもの姿《すがた》と大きなシャボン玉とは、空高く消えてしまいました。そして、ハボンスの姿《すがた》は、どこにも見出《みいだ》せませんでした。むくろじの種と銀のはちとだけが残っているきりでした。

だれにも、王様にも、さっぱり、わけがわかりませんでした。そして消え失《きう》せたハボンスの記念として、真っ黒なむくろじの種と銀のはちとは、王様の御《ご》殿《てん》に長く残されました。

豊島與志雄（とよしまよしお）　一八九〇年福岡県に生まれる。主な作品に『道化師』『野ざらし』、児童文学作品に『エミリアンの旅』『街の少年』『ハボンスの手品』などがある。一九五五年没。

出典：『少年少女世界文学全集　22』所収　学研　1968年

弟への思いをつづる、せつなくも美しい感動の物語。

弟

作・宮口《みやぐち》しづえ

絵・清重伸之《きよしげのぶゆき》

一

わたしには、ふたりの弟がありました。すぐ下の弟は、年もあまりちがわなかったせいか、なつきませんでしたが、小さい弟は、特別わたしになつきました。お父さんの亡《な》くなったあと、お母さんが先生になられました。毎朝出かけてしまったあと、おばあさんと、ふたりきりで、お留《る》守《す》居《い》していて、さびしかったので、わたしの学校の帰りを、どんなに待っていたかしれません。わたしも授業《じゅぎょう》がすむと、いつも、おうちの門のところや、お庭や、えんがわに、ひとりさびしそうに待っている弟を思いだして、飛んでかえりました。

弟は、わたしのことを、「じいねえ」と呼《よ》びました。それは「小さいねえさん」と、いうのが、だんだん呼《よ》んでいるうちに、いつのまにか、「じいねえ」になってしまったのです。

学校帰りの、わたしの姿《すがた》を見つけると、「じいねえ」と、大きな声で呼《よ》んで、飛びついてきました。ほんとうに、かわいい弟でした。

その弟が、十歳《さい》ぐらいのときだったでしょうか。そのころ、子どもたちの間に、はやっていた、〝やに目〟という、目の病気にかかったことがありました。目からは、たくさんの目やにが出て、かさぶたのように、まぶたを閉《と》じてしまって、じきに見えなくなってしまうのです。

ほう酸《さん》*で洗《あら》っては、目薬を差していました。学校へも行かれませんので、その日は休みました。わたしも弟の看病《かんびょう》のため休みました。

弟は、気持ちが悪いのか、ぐずぐず泣いていましたが、ほう酸《さん》をとかした水

*ほう酸《さん》…無色、とう明の結晶《けっしょう》で、お湯にとけ、弱い酸性《さんせい》の液《えき》になる。うがい薬や、消毒《しょうどく》液《えき》になる。

を、土《ど》なべに入れて、火ばちにかけて、すこし温まったところで、わたにひたしては、目を洗《あら》ってやると、気持ちがいいのか、いろいろの話をしました。

　そのときのことです。弟が、「じいねえ、ヒバリの唱歌《しょうか》知ってる？」と、ききました。

　わたしは、そのころ弟がよく歌っていた、「ヒバリ、ヒバリ、夕《ゆう》ヒバリ」という、ヒバリの歌を歌ってやると、弟は、目を閉《と》じたままきいていましたが、歌いおわると、「じいねえ、おれヒバリの歌が、大好きだが、そのうちでもおしまいのほうの……お月様の御殿《ごてん》へか、優《やさ》しいひなのおうちへか……と、いうところが、大好きだ」と言って、自分でも歌い、わたしにもなんべんも、なんべんも、そこだけを、歌わせてきいていました。

　日ごろいたずらばかりしていて、わたしを困《こま》らせてばかりいる弟に、こんな優《やさ》しいところがあったのかと思い、大きくなってからも、そのときの話をしては、弟とふたりだけの、楽しい思い出となりました。

二

弟は、学校を出ると、*満州《まんしゅう》の会社へ勤《つと》めました。

そして、養子にもらわれていきました。

わたしも、いそがしいお百姓家《ひゃくしょうや》へ、およめに来て、十年ばかり弟のことも、忘《わす》れて、暮《く》らしました。

ところが、ある年の夏、弟の養子に行っている家から、手紙が来て、弟が病気になって満州《まんしゅう》から帰り、名古屋《なごや》の病院で、ねているから、看病《かんびょう》に来てください、という、便《たよ》りでした。

わたしはびっくりして、うちの人たちにお留守居《るすい》をたのんで、山道を*停車場《ていしゃば》に出て、名古屋《なごや》行きの汽車に乗りました。

名古屋《なごや》駅には、弟の親類のかたが、むかえに来ていてくれました。

電車の中で、弟のようすをきいたりして、病院に着きました。

*満州《まんしゅう》…現在《げんざい》の中《ちゅう》華人民共和国《かじんみんきょうわこく》の東北部一帯《いったい》の昔《むかし》の呼《よ》び方。

*停車場《ていしゃば》…駅の昔《むかし》の呼《よ》び方。

弟は、長いろうかを、いくつも、回っていった先の、静かな病室に、まっ白な、お布団《ふとん》の中に、目をつむっていました。

わたしも、無事な弟の顔を見て、やれやれとして、あせになった着物をぬぎ、親類の人たちにあいさつをすませてから、弟の足の方に、毛布《もうふ》を広げて、横になって、休ませてもらいました。

夕方、弟が、目を覚ましたらしいので、静かに、そばへ行って、あいさつしますと、弟は、いくらか顔がはれているせいか、小さくなった目を、はっきり開けて、わたしの顔を見つめて、お布団《ふとん》の中で、静かに、頭を動かしたようでした。わたしは、うれしくって、なにか、言いたいと思いましたが、興奮《こうふん》させてはいけないと思って、やっと、がまんして、笑い顔をして、「早く良くなってね」と、だけ言って、力づけてやりました。

せまい病室には、弟の、お母さんと、およめさんと、看護婦《かんごふ》のかたが、ふたりもついていています。ですから、これといって、すぐ、弟にしてあげる用事もないので、弟の足の方に座《すわ》って、白いカーテンをとおして見える、名古屋《なごや》の空を見ていると、急に、悲しくなってくるのでした。

それでも、せっかく、いなかから出てきたのですから、なにかしてあげたいと思って、看護婦《かんごふ》さんに、「弟の足を、さすってやってもいいですかね」と、きいてみますと、「静かにさすってあげてください」と、言いましたので、お布団《ふとん》の下から手を入れて、弟の足をさすってやりました。

弟の足は、はれていました。足の裏《うら》は、かさかさと、かわいていました。いなかでは、病人の足がはれると、その病人の命は、長いことはない、と、言いますので、悲しい心になりながら、静かに、静かに、なでてやりました。

それから、二、三日ほど、そばにいてやりましたが、弟はひとことも、しゃべりませんでした。

お医者様は、回って見に来られては、首をかしげて、心配そうにしては、出ていかれます。

おたがいに、口にこそ出して、言いあいませんでしたが、弟の病気が、たい

へん悪いのだということは、よくわかりました。

わたしは、悲しくなると、弟の足にさわっては、静かに、静かに、なでてやることで、心をなぐさめていました。

弟は、もう、わたしの手がさわっても、足を、縮《ちぢ》めたり、のばしたりする元気もなくなっていて、なでてやっても、張《は》りあいがありませんでした。

三日目の晩《ばん》でしたでしょうか、その夕方は、たいへん悪くて、酸素《さんそ》の吸入《きゅうにゅう》をしたり、みんなで、まくらもとに、集まったりしましたが、また持ちなおしました。

十二時ごろまで、みんなで起きていましたが、別に、変わりもありませんでしたので、ふたりの看護婦《かんごふ》さんと、およめさんだけ起きていて、わたしたちは、帯《おび》もとかずに、横になりました。

心配と気づかれのせいか、うとうととして、ハッと目を覚ましました。すぐ頭を上げて、弟の方を見ますと、起きている三人のかたも、つかれたのか、いすに頭をもたせかけて、ねむっていました。

病人も、静かにねむっているようです。

安心して、わたしもまた頭をまくらにつけると、どこからか、地虫《じむし》の鳴くような声が、とぎれとぎれに、聞こえてくるではありませんか。

また、頭を上げて、弟の方を向いてみますと、それは地虫《じむし》の声ではなくて、弟がわたしを呼《よ》ぶ声です。

「じいねえ」「じいねえ」と、かすかにかすかに、わたしを呼《よ》ぶ声です。

わたしは、はじかれたようになって、起きあがり、弟のそばへ行って、顔を近づけると、弟は、とぎれとぎれの声で、

「じいねえ、足、さすって」と、言うのです。

みんなの、ねしずまっている真夜中です。気がねする人もいません。弟は、昔の、あのなつかしい、「じいねえ」と、わたしを呼《よ》んだのです。わたしは、なんべんも頭を下げて、うなずき、弟の足に、さわって、さすってやりました。

その翌朝《よくあさ》、弟は、みんなに守られて、若《わか》い生涯《しょうがい》の息を、引きとりました。

＊地虫《じむし》…土の中にすむ、コガネムシ科の幼虫《ようちゅう》などを、まとめていう言い方。

三

弟の、一年目の命日《めいにち》に、わたしは、前の日から用意しておいて、まだ暗いうちから起きて、のりまきずしをこしらえて、重箱《じゅうばこ》につめて、一番列車に乗って、名古屋《なごや》の弟のうちへ持っていって、お仏《ぶつ》だんに、供《そな》えてもらいました。

うちの人たちは、わたしが、のりまきずしをこしらえて、名古屋《なごや》へ持っていきたいと、言いましたら、みんな笑って、そんなものを、こしらえていかなくっても、名古屋《なごや》には、おいしいのが、いくらでもあるし、そんな、いなかくさい、下手《へた》なおすしなんか持っていけば、みんなに笑われるから、やめておくようにと、言うのです。

でも、わたしは、いなかくさくても、のりまきずしをこしらえて、仏様《ほとけさま》になってしまった弟に供《そな》えて、弟とわたしだけが知っていて、ほかの人は、だれも知らない、のりまきずしの思い出話が、したかったのです。

それはまだふたりが、小学校のころです。

春の五月になりますと、その地方の小学校が、二十校ほど集まって、合同の大運動会が、御牧《みまき》が原《はら》という、高原の草原《くさはら》で、開かれました。

その運動会は、実に、にぎやかなものでした。

わたしたちも、母さんから、のりまきずしをこしらえてもらって、出かけました。

ところが、お昼になって、自分たちの席《せき》の、むしろの上で、お弁当《べんとう》を食べようとしたときです。

弟が、泣きべその顔で、お弁当《べんとう》のふろしき包みを持って、わたしをさがして、うろうろしている姿《すがた》に気がつきました。

わたしは、おおぜいのお友だちに、弟の泣きべその顔を見られては、はずかしいと思ったので、大急ぎで、席を立って、弟を、人のいない木の下の方へ連れてきました。

そして、なんの用事だかきいてみますと、弟は、ふろしき包みの中から、の、

りまきずしの入っている紙包みを出して、

「じいねえ、切ってくれや。」

と、言って、ポロポロなみだをこぼすのです。

わたしは、なんのことか、わからなかったので、紙の包みをといてみると、まあ、どうでしょう。のりまきずしが、切ってなくて、一本ずつ棒《ぼう》のまんま、三本出てきました。

わたしはまだ、自分のお弁当《べんとう》の包みを、といてみなかったので、ハッとしますと、弟は、

「みんなが、笑うもんで、食えんから、切ってくれや。」

と、重ねて言うのです。

わたしは、棒《ぼう》のままのおすしを見たときに、今朝《けさ》、台所で、いそがしそうに、働《はたら》いていた、母さんの姿《すがた》が、目にうかび、じーんとなみだが、あふれてきました。そのころ、母さんは、毎朝六時の汽車で、働《はたら》きに出ていたのです。

母さんは、朝、おすしをのりでまいてくだすったけれど、時間がなくて、食

べれるように、切ることができなかったのでしょう。それで棒《ぼう》のまま包んでくだすって、出かけられたのだと思います。それでも、おむすびだけではかわいそうだと思って、手のかかる、のりまきずしを、こしらえてくだすったのです。弟は、わたしのなみだを見ても、

「早く切ってくれや」みんなが、そんな、棒《ぼう》のおすしなんか、見たことがないぞと言って、笑ったというのです。

わたしも、困《こま》ってしまいました。

「母さんがねえ……」と、言って、またなみだをふいていると、弟は、ポケットから、小さなナイフを出して、よこしました。

わたしは、そのナイフで、切ってみました。けれど、棒《ぼう》になったおすしの両はしから、ごはんが、はみだすばかりで、切ることができません。

そこで、わたしは、一本のまきずしを、半分ずつに、やっと切って、小さな、おむすびのように、にぎって、弟にわたしてやりました。

弟は、変な形のおむすびを見て、悲しそうな顔で、持っていきました。

わたしは、自分の席《せき》へ、もどってきて、包みをといてみると、やっぱし、棒《ぼう》のままのおすしが三本出てきました。

お友だちに、気づかれないように、上手《じょうず》に食べて、知らん顔していました。

その晩《ばん》のことです。

夕飯《ゆうはん》のときに、運動会の話が出ますと、弟が、母さんに、

「母さん、もうあんな棒《ぼう》のおすしはやだぞい。切ってくれやのい。」

と、言ったものです。

母さんは、棒《ぼう》のおすしで困《こま》った話を聞かれると、

「悪かったねえ、ごめんよ。」

と、言って、ふたりが、びっくりするほど、顔は、笑い顔でも、なみだをこぼして、泣かれたのです。

わたしと弟は、顔を見合わせたっきり、困《こま》ってしまいました。わたしは、大

きかったので、母のなみだの訳《わけ》がわかりました。

……お手伝《てつだ》いしてあげればよかった……と、思ったのですけれど、弟は、小さいし男の子ですから、母さんのなみだがよくわからなかったのでしょう。でも、母さんのなみだが、いつもとちがっていたのか、それっきり、なんにも言いませんでした。

それからあと、ふたりは、のりまきずしのごちそうを見ると、ふたりだけで目を見合わせて、どちらからともなしに、目をパチパチし合うと、その目の中から、棒《ぼう》のおすしで困《こま》った日のことと、母さんが、悲しそうに「悪かったねえ、ごめんよ」と、言った日のことがうかんできたものです。

ふたりで、町の方へお使いに行ったとき、停車場《ていしゃば》近くの食堂《しょくどう》の、ガラス戸の中に、かざってある、大きなお皿の上の、のりまきずしを見たときも、目をパチパチと見合わせて、笑っただけで、じゅうぶん、楽しかったものです。

わたしは、弟の仏様《ほとけさま》の前に、のりまきずしを供《そな》えて、目をパチパチとさせたかったのです。

弟

宮口しづえ（みやぐちしづえ）　一九〇七年長野県に生まれる。主な作品に『ミノスケのスキー帽』『ゲンと不動明王』『箱火ばちのおじいさん』、『宮口しづえ童話全集』（赤い鳥文学賞）などがある。一九九四年没。

出典：『小学生全集　ミノスケのスキー帽』所収　筑摩書房　1957年

てつがくのライオン

作・工藤直子《くどうなおこ》

ライオンは「てつがく」が気にいっている。

かたつむりが、ライオンというのは獣《けもの》の王で、哲学的《てつがくてき》なようすをしているものだとおしえてくれたからだ。


きょう、ライオンは「てつがくてき」になろうと思った。

哲学《てつがく》というのは、すわりかたからくふうしたほうがよいと思われるので、しっぽを右にまるめて腹《はら》ばいにすわり、右ななめうえをむいた。しっぽのまるめぐあいからして、そのほうがよい。しっぽが右で、顔が左をむいたら、でれりとしてしまう。

ライオンが顔をむけたさきに草原がつづき、木が一本はえていた。ライオンは、その木の梢《こずえ》をみつめた。梢《こずえ》の葉は、風に吹《ふ》かれてゆれ

絵・スズキコージ

た。ライオンのたてがみも、ときどきゆれた。

(だれかきてくれるといいな。「なにしてるの?」ときいたら、「てつがくしてるの」ってこたえるんだ)

ライオンは、横目で、だれかくるのをみはりながら、じっとしていたが、だれもこなかった。

日が暮《く》れた。ライオンは、肩《かた》がこっておなかがすいた。

(「てつがく」は肩《かた》がこるな。おなかがすくと、「てつがく」はだめだな)

そこでライオンは、きょうは「てつがく」はおわりにして、かたつむりのところへいくことにした。

「やあ、かたつむり。ぼくはきょう『てつがく』だった」

「やあ、ライオン。それはよかった。で、どんなだった?」

「うん、こんなだった」

ライオンは、「てつがく」をやったときの、ようすをしてみせた。

さっきと同じように、首をのばして、右ななめうえをみると、そこには夕焼けの空があった。

「ああ、なんていいのだろう。ライオン、あんたの哲学《てつがく》は、とても美しくて、とてもりっぱ」

「そう？……とても……なんだって？　もういちどいってくれない？」

「うん。とても美しくて、とてもりっぱ」

「そう。ぼくの『てつがく』は、とても美しくて、とてもりっぱなの？　ありがとう、かたつむり」

ライオンは、肩《かた》こりもおなかすきもわすれて、じっと「てつがく」になっていた。


工藤直子（くどうなおこ）　一九三五年台湾に生まれる。主な作品に、詩集『てつがくのライオン』『のはらうた』、童話『ともだちは海のにおい』（サンケイ児童出版文化賞）、『とりかえっこちびぞう』などがある。

出典：『ともだちは緑のにおい』所収　理論社　1988年

世界のお話

冬の森で出くわした、仲が悪い二人の男。そこに現《あらわ》れた意外な第三者とは。

第三者

作・サキ／訳《やく》・妹尾韶夫《せのおあきお》

絵・石田享子《いしだきょうこ》

＊東部《とうぶ》カルパチア山地《さんち》の森の中である。

ある冬の寒い晩《ばん》、一人の男が銃《じゅう》を片手《かたて》に耳をすましていた。ちょっと見ると、鳥か獣《けもの》が現《あらわ》れるのを待っているようだ。が、実のところはそうでないのである。この男――ウルリッヒ・フォン・グラドウィッツは、人間が現《あらわ》れるのを待っているのだ。彼《かれ》が所有する山林には、野獣《やじゅう》がたくさんいた。でも山林のはずれのこのあたりには、そんなにいない。それにもかかわらず、このあたりが気になってしようがないのだ。

もともとこの山林は、彼《かれ》の祖父《そふ》が、不法な理由で所有していた小さい地主から、裁判《さいばん》ざたで無理にうばいとったものである。うばわれた小地主は、その裁《さい》判《ばん》が不服だった。それ以来、長い間、両方の地主の争いが続いて、グラドウィッツが家長になるころには、両家の個人的憎悪《こじんてきぞうお》にまで発展《はってん》していた。つまり、この両家は三代にわたってかたきのごとく争っているのだ。

グラドウィッツが世界中でいちばん憎《にく》らしいと思うのは、自分の土地に無断《むだん》で入って野獣《やじゅう》をとる、このズネームという小地主だった。グラドウィッツとズネームは、子どものときからおたがいに相手の血にうえていた。両方が相手の不幸を心から願っていた。だから、この風の寒い冬の晩《ばん》、グラドウィッツは数名の部下に森を歩かせ、もしどろぼうを見つけたらとらえるよう命令したのである。

いつもは、しげみにかくれてめったに姿《すがた》を見せぬめ鹿《じか》が、その晩《ばん》にかぎって森のあちこちを走った。ほかの森の動物も、いつもとはちがってそうぞうしい。その訳《わけ》はよくわかっている。ズネームがいるにちがいないのだ。

彼《かれ》は山の高いところに部下を配置し、自分一人は急なしゃ面を下りて、ふも

＊東部カルパチア山地…東ヨーロッパのウクライナ、ルーマニアにまたがる山脈《さんみゃく》。

との深い森へ入り、風にそよぐこずえの音や、木と木のふれあう音に耳をかたむけた。密《みつ》りょう者《しゃ》が入りこんでいないか。ズネームがひそんでいないか。もしこの風の暴《あば》れる夕方、じゃまする第三者のいないこのさみしい森の中で、ズネームとめぐりあうことができたら、おお、その時こそ――これが彼《かれ》のなによりの願望だった。そして、そんなことを考えながら、ブナの巨木の幹《みき》をまわると、当のかたきとぱったり顔を合わせたのである。

二人の敵《てき》と敵《てき》は、長い間にらみあっていた。どちらもうらみに燃《も》え、手に鉄ぽうを持っていた。一生に一度の情熱《じょうねつ》をばく発させるときがきた。けれど、彼《かれ》らはどちらも文明の世に生まれた人間なので、無言のまま、平然と人を殺《ころ》す気にはなれなかった。どうしてもきっかけというものが必要だった。

それで、二人がもじもじしていると、そこに横あいから、大自然の手が加わったのである。先ほどからふきあれていた強風が、いちだんと木々をゆるがしたかと思うと、そのひょうしにブナの大木の幹《みき》がめりめりと折れて、どさんと大きな音をたててたおれ、にげだすすきもなく、二人をおさえつけてしまったのだ。グラドウィツの片手《かたて》はまひし、片手《かたて》はふたまたになった枝《えだ》におさえつけられ、両足も同時に太い枝《えだ》におさえつけられていた。重い編《あ》み上《あ》げぐつをはいていたから良かったものの、そうでなかったら、足がつぶれるところだった。傷《きず》こそ受けなかったが、起きあがることはできなかった。だから、だれかが来て、大木の枝《えだ》をのこぎりで切ってくれるまでは、どうすることもできない。顔に当たった小枝《こえだ》で、目に血が流れこんだ。その血をしばたたいて、はらいのけながらあたりを見ると、すぐそばにズネームが彼《かれ》同様おさえつけられて、しきりにもがいている。もがいても起きあがることはできないらしい。そのそばには、たおれた大木の大小さまざまの枝《えだ》が、いっぱいに広がっていた。

グラドウィツは、動けなくなったのをくやしがっていいのか、生命が助かったのを感謝《かんしゃ》していいのか、悲喜《ひき》こもごものみょうな気持ちだった。

ズネームも顔から血を少しばかり出していた。そしてもがくのをやめて、しばらく聞き耳をたてていたが、たちまち大声で笑いながら、

「おまえも助かったのかい。死んでしまえばいいのに。でもおかしいね、グラ

ドウィッが、おれのところからぬすんだ山の中で動けなくなるとは。これも天ばつと思うがいい。」

そして、また彼《かれ》は大きな声でちょう笑した。

グラドウィッツは言う。

「なんだと、ぬすんだ山だと言ったな、そうじゃない。ここはおれの土地だ。いまにおれの部下が助けに来てくれるよ。おまえは密《みつ》りょうに入ったところをおれの部下に発見されるなんて、いいはじさらしだ。気《き》の毒《どく》なやつだ。」

ズネームはすぐには言わなかったが、しばらくするとこう応《こた》えた。

「おまえはいま、助けに来てくれると言ったが、そりゃほんとうか？　おれの使っている男たちも、今夜この山に来ているんだ。もうここへ来るだろう。来たらまずおれを助けだしてくれて、そのあとで、おまえの上に、大きな木をもひとつのせるだろうよ。おまえの使っている男が来る頃《ころ》には、とうにおまえは死んでしまっている。葬式《そうしき》の日には、おくやみの手紙の一本も出してやるよ。」

「いいことを教えてくれた！」

と、グラドウィッツは口をとがらせて言った。

「おれは部下の男に、十分間経《た》ったらここへ来いと言っておいた。だからもう来るだろう。来たら、いまおまえが言ったのと同じことをしてやるよ。でもおまえは、こっそり人の山林に入って、密《みつ》りょうしているところを殺《ころ》されたのだから、おくやみの手紙だけは出さないよ。」

「わかった。わかった。そんならおれたちは、どちらかが死ぬまで戦おう。おまえのほうに部下がいるなら、こっちにもいるんだ。ここで勝負をつけるなら、第三者のじゃま者が来なくていい。グラドウィッツのばかっ！　早く死んでしまえ！」

「ズネームのばか！　早く死んでしまえ！　どろぼう！　ひとの山林の中に入って、りょうをするどろぼう！」

二人とも、すぐ部下が来て、助けてくれると思っていた。助かるのは自分のほうが早いと思っていた。だからあらゆる毒々《どくどく》しい言葉で、ののしりあった。

だが、しばらくすると、二人ともももがいてもむだなことがわかったので、あまり動かなくなり、グラドウィッはひかく的自由な片手《かたて》を、やっと上着のポケットに差しいれて、酒のびんを出した。びんを出すことは出しても、せんをぬいて飲むのがひと仕事だった。でも、ぐっとひと飲みした時の気持ちは格別《かくべつ》だった。冬は冬でも、まだ雪が降《ふ》らなかったので、わりあいに暖《あたた》かだった。酒がまわるといい気持ちになって、苦痛《くつう》のうなり声をかみしめているとなりの男が、かわいそうになった。

そこでグラドウィッは不意にこんなことを言ったのである。

「どうだい。この酒をひとくち飲ましてやろうか。とてもうまい酒だ。今夜のうちに、おまえかおれのどちらかが死ぬにしても、いまのうち、別れに一ぱい飲んだらどうだ。」

「だめだよ。おれは目のふちに血が固まって、なにも見えないんだ。それに敵《てき》といっしょに酒を飲むのはいやだよ。」

グラドウィッはしばらくだまって、ものうい風の音を聞いていた。そして時々苦しそうに木におさえつけられているとなりの男の方に目をやった。烈火《れっか》のように燃《も》えていた憎悪《ぞうお》のほのおが、だんだん消えてゆくのを感じた。

「おい、ズネーム、おまえの部下が先に来たら、どうにでも勝手にするがいい。しかしおれは考えを変えた。おれの部下が先に来たら、まずお客様として、おまえから先に助けさせて、おれはあとで助けてもらうつもりだ。二人はこの土地のことで、悪魔《あくま》のように争ってきた。風にふかれるこの山の木が、曲がりくねって成長するのと同じだった。しかし今夜ここにねていて考えてみると、実にばからしいことだ。世の中には土地のことでけんかをするより、もっとおもしろいことがたくさんある。どうだね、これからはけんかをやめて、仲良くしようじゃないか。」

ズネームは返事をしなかった。死んだのではなかろうかと、グラドウィッツは思った。

が、しばらくするとズネームが静かに言いだした。

「でも、おまえと二人でいっしょに馬に乗って市場を歩いたら、みんながびっくりして見るだろうな。グラドウィッツとズネームが、仲良く歩くなんて図は、だれだって意外に思うだろう。おれたちが仲直りしたら、山の男たちも喜《よろこ》ぶだろう。いま仲直りしたって、だれも文句《もんく》を言ったり、じゃましたりする第三者はいないんだ……祭りの晩《ばん》には、おまえもおれの家へ来てくれ。そのかわりおれも時々ごちそうになりに行くよ。……もうこれからはお客として招待《しょうたい》された時以外、おまえの山の中へ入って鉄ぽうをうったりなんかしないよ。おまえも時々は、おれのところのぬまにおりてくる水鳥をうちにきてくれ。二人が仲直りしても、じゃまする者は一人もない。長い間、おれはおまえを憎《にく》みつづけてきたが、今夜から心を入れかえた。おまえにもらったこの一ぱいの酒で、これからは友だちになるよ。」

しばらくだまったまま、二人はこの劇的《げきてき》な仲直りがおよぼすべき、世間の変化を考えていた。そしてひゅうひゅう強い風がふいて、大木の幹《みき》やこずえをうならせるこの寒い暗い森の中で、早くどちらかの部下が来てくれればいいと、心に念じていた。もうこうなっては、どちらの部下が来ても、両方が助かるの

である。でも、やはり、早く来るのが、自分の部下であることを望んだ。それはいままでの敵《てき》に好意を示すというめいよある仕事を、自分でしたいからであった。

たちまち風が止んだ。

グラドウィツは沈黙《ちんもく》を破《やぶ》って、

「二人声をそろえて呼《よ》んでみようじゃないか。いまは静かだから、遠方に聞こえるかもしれない。」

「木がしげっているから、よほど大きい声を出さないと聞こえないよ。でも呼《よ》んでみようか。」

二人はいっしょに大声で呼《よ》んだ。

しばらくするとグラドウィツがまた、

「もう一度呼《よ》んでみよう。」

また呼《よ》んだ。

呼《よ》んだあとで耳をすまして返事を待った。

「なんだか向こうの方で、返事のようなものが聞こえたよ。」

と、グラドウィッツが言った。

「風の音だろう。おれにはなにも聞こえなかった。」

グラドウィッツは耳をかたむけていたが、急にうれしげな声になった。

「森の向こうから走ってくるのが見える。おれが下りたと同じ坂道を下りてくる。」

また二人が声を合わせて、ありたけの力でさけんだ。

「いまの声が聞こえたらしい。立ちどまって考えている。ほら、見つけた。こっちへ向かってどんどん走ってくる。」

グラドウィッツが言った。

「何人いるかね？」

ズネームがきいた。

「まだよくわからん。九人か十人らしい。」

「そんなら おまえの部下だろう。おれのほうは七人しかいないのだから。」

「一生けんめいに走っている。元気のいいやつだ。」

グラドウィッツは満足らしい声だった。

「たしかにおまえのほうの男かね!」

と、ズネームがきいた。

そして、返事がないので、また、「おまえのほうの男か?」ときいた。

「いや、」と答えて、グラドウィッツは恐怖《きょうふ》に戦《せん》りつしながら、ばかのようにげらげら笑いだした。

「じゃ、だれだい?」

と、ズネームは目をしょぼしょぼさせながら、不安気にきいた。

「オオカミ!」

サキ 一八七〇年生まれ。イギリスの小説家。主な作品に『開いた窓』『おせっかい』などがある。一九一六年没。
妹尾韶夫(せのおあきお) 一八九二年岡山県に生まれる。英米の探偵小説を中心に翻訳を手がけた。主な翻訳作品に『Yの悲劇』などがある。一九六二年没。

出典:『ザイルの三人』所収　朋文堂　1959年

作戦上のかけひきを言いわたされて走る、選手の心の内をえがく物語。

一マイル競走

作・レスリー・M《エム》・カーク
訳著《やくちょ》・吉田甲子太郎《よしだきねたろう》

絵・イトウケイシ

一

「優勝《ゆうしょう》するには、どうしても、一マイル（約千六百メートル）競走で点をかせがなければ、だめだと思うのだ。」

そこで監督《かんとく》は、陸上競技《りくじょうきょうぎ》の選手たちの顔を見わたしてから、あとを続けた。

「一マイル競走では、敵《てき》の選手を引きずって、つかれさせるほか、勝つ手はない。古い作戦だが、どんなに立派《りっぱ》な選手でも、これには、引っかかるものなんだ。」

「そうです。まったくです。」

太ったフットボール選手が、あいづちを打った。

「よし、じゃあ、それでいくことに決めよう。エルトン、きみひとつ、ぎせいになって、引きずる役をやって、デンティを一着にさせてくれたまえ。明日《あす》から、四時きっかりに練習を始めることにする。今日はもう、部屋へ帰ってよし。」

エルトンは、ひそかに第一着をしめる自信を持っていた。この間の練習では、たしかにデンティに負けた。だが、あのときは向こうの調子が良かったのだ。いまではかえって、自分のほうが調子がいいと思うのだが——。

選手たちは、せまい部屋から、どやどや出ていった。エルトンは最後に部屋を出たのだが。そのときになって、いま、監督《かんとく》から命ぜられたことがどういうことなのか、はっきりわかってきた。

冬の半ばからこの春いっぱい、気をゆるめずに練習してきた自分が、それだけが目当てだった一マイル競走に勝てる望みはなくなったのだ。よたよたと、いちばん後ろから、*決勝点《けっしょうてん》へ入らなければならないのだ。

その日のようすが、いまから目にうかんでくる。スタートを切ると、四人の選手は、まったく同じ速力で、ゆったりと並《なら》んで走る。やがて、ぼくが少し歩《ほ》幅《はば》を大きくして、目立たぬほどに、みんなを引きはなしはじめる。敵《てき》の選手たちは、気にして、ぼくと肩《かた》を並《なら》べようとする。ぼくはかまわず、ほんのわずかずつ足の動きを速くしていく。みんなも、さそわれて、小きざみにせかせかと走りはじめる。デンティだけが、ずっと後ろからゆったりとした走り方で、ゆうゆうとついてくる。

最後の一周にかかる。デンティが急に速力を出して、すばらしい勢《いきお》いで三人を追いぬく。敵《てき》の選手は、しまったと思うといっしょに、ラスト・スパートで、デンティにせまろうとする。しかし、もう間に合わない。ぼくを追いぬくことはできても、デンティはぬけない。デンティはそれまで同じ歩調で走っていたのだから、てんでつかれかたがちがう。三人を、ぐんと引きはなしたまま、テ

＊決勝点《けっしょうてん》…ゴールのこと。

ープを切って決勝点へおどりこむ。そして、はじめから無理な走り方をしてつかれきったぼくは、はるか後ろから、作戦を知らない見物人たちに笑われながら、よたよたと決勝点へ転げこむのだ。

エルトンが、つらく思うのは、見物人に笑われることだけではなかった。自分の学校のためなのだから、喜《よろこ》んで、ぎせいになろうとは思う。しかし、勝とうと思えばこそ、長い間、熱心に練習を続けてきたのではないか。それなのに、自分が勝とうとしてはいけないと、言いつけられたのだ。そこが、なんとしても納得《なっとく》しにくかった。

父からは、競技《きょうぎ》の当日は見に行くという手紙がきていた。故郷《こきょう》の町では、競《きょう》技《ぎ》の結果を聞いて、友人たちは、「それ、みたことか」と笑いあうことだろう。それは、エルトンが運動選手になるつもりだと話したとき、六十キロもある体では、無理なことだと、あざ笑った連中《れんちゅう》だからである。エルトンは、「いまに見ろ」と心の中で歯ぎしりしたのであった。だが、それも夢《ゆめ》だ。彼《かれ》は、父にあてて手紙を書いた。事情《じじょう》を説明して、わざわざ見に来てもらってもしかたがないと申し送ったのだ。ところが、思いがけない返事がきて、エルトンを喜《よろこ》ばせた。

わたしは、おまえの決心を立派《りっぱ》だと思う。そういう事情《じじょう》なら、おまえが競走で一着をしめるのを見るより、おまえの学校に勝ってもらうほうが、わたしとしてもうれしい。わたしは、おまえがみごとに負けるのを見に行きます。

二

競技《きょうぎ》の日がきた。両方の学校から応援隊《おうえんたい》がわんさとつめかけた。どっちも勝利の確信《かくしん》に燃《も》えていた。応援《おうえん》はもうれつだった。それもそのはず、今日の競技《きょうぎ》で、どっちの学校が選手権《けん》を取るか、決まることになっていた。

スタンドの下の控《ひか》え室《しつ》には、選手たちがぶらぶらしていた。監督《かんとく》、審判係《しんぱんがかり》、記録係などが、出たり、入ったりして、競技《きょうぎ》を、＊さだめの時間に始めるように

＊さだめの時間…決められた時間。

努《つと》めていた。

エルトンは、自分でも気がつかないうちに、はだかでテーブルの上に横になって、筋肉《きんにく》を、もみほぐしてもらっていた。それから、ランニング・シャツをつけて、出発点に身を構《かま》えた。

合図を待つ間に、エルトンは、あらためて、監督《かんとく》のいいつけを思いおこした。選手の位置は、デンティがいちばん外側、自分の両側に、一人ずつ敵《てき》の選手。デンティは、自信ありげに笑《え》みをふくんでいる。エルトンは、敵《てき》の選手の顔を、探《さぐ》るようにながめた。この人たちは、自分がこれから試みようとしている古い作戦に、引っかかるだろうか。あやしいものだ。——と考えた。だが、やれるだけはやってみようと心に決めた。

やがて、出発係の「用意」という声が、エルトンの耳に飛びこんできた。ピストルが鳴った。四人は、まったく同時にスタートを切った。四つの胸《むね》が一列に並《なら》んで、トラックをふむ足も、ぴったりそろっている。みんなゆったりと、大またに走っていく。だがしばらくすると、エルトンは、相手に気づかれないほどに歩幅を広げ、足の動きを速めた。すぐに、彼の体だけが先へ出た。感づかれたかな。心配して、そっとふりかえって見ると、敵《てき》の選手は二人とも、自分のひじのすぐ後ろについいてくる。よし。彼《かれ》は目立たぬほどに、たえず速力を速めていった。これだけ速力を出したら、じきにまいってしまうにちがいない。エルトンがそう思ったときにも、やはり、敵《てき》は自分の両側に

かった。彼《かれ》はもうほとんど競走が終わろうとしていることを知った。あとの五十ヤードを、自分は、たおれずに、なんとか走りとおすことができるだろうか。そのとき、うす目を開けたエルトンのひとみに、決勝点の白いテープがぼんやり映《うつ》った。

それが、彼《かれ》の体に、新しい力を注ぎこんだ。エルトンは、かっと目を開いた。頭を上げ、肩《かた》を張《は》った。彼《かれ》の足は、いくぶん調子を取りもどしたように見えた。テープだ。彼《かれ》はついに、テープのところまで来たと思った。だが、そのテープはすうっと遠のいて、消えていくような気がした。だがそう思う間もなく、エルトンの胸《むね》はたしかに、ぷつりとテープを切った。彼《かれ》は競走に勝ったのだ。

友だちが、ばらばらとかけよって彼《かれ》をだきとめた。ちょうどそのとき、後ろからさっと風にあおられたと思うと、二着の選手が飛びこんできた。わずかなちがいだった。エルトンは、その人をふりかえると同時に、不思議そうな顔をした。つかれた彼《かれ》には、なんとも説明のつかないことが起こったのだ。彼《かれ》は目をこすった。

拡声器《かくせいき》が競走の結果を、アナウンスしはじめた。

「一着、エルトン。二着、デンティ。三着、スター。」

そのとおりだった。エルトンが、最後にふりかえったとき、見えた二人の選手のうち自分にせまっていた一人は、ほかならぬデンティだったのである。敵《てき》の選手が落伍《らくご》したその位置を、すばやくデンティが占《し》めていた。しかし、つかれたエルトンの目は、はっきりとその顔を見分けることができなかったのだ。なんとかして、一着だけはのがすまいとしたエルトンらのチームは、二着までとってしまった。完全に優勝《ゆうしょう》だった。

競走が始まってからはじめて、エルトンは心豊《ゆた》かに笑った。自分の学校は競《きょう》技《ぎ》に優勝《ゆうしょう》した。しかも自分は、かねての願いどおり、一マイル競走の一着になったのだ。まったく思いもかけない結果だった。

エルトンの顔から、笑いのかげがまだ消えないうちに、拡声器《かくせいき》がまた、なにかわめきだした。そして、群衆《ぐんしゅう》が熱狂《ねっきょう》しはじめた。

監督《かんとく》がとんできて、エルトンの手をにぎった。

「エルトン、きみは、一マイル競走の記録を破《やぶ》ったのだぞ。」

そう言ううちにも、人波がどっとエルトンのまわりに打ちよせてきた。だれも彼《かれ》も、握手《あくしゅ》を求めて、祝いを述《の》べる。

その人群れをかきわけながら、真っ赤な顔をして、今日の英雄《えいゆう》のところへ近づいてくる人があった。その人は、いきなりエルトンの肩《かた》に手をかけて、自分が連れてきた人々の方を、向かせた。

「みなさん、これが、わたしの息子《むすこ》です。」


吉田甲子太郎（よしだきねたろう）　一八九四年群馬県に生まれる。主な作品に『兄弟いとこものがたり』、翻訳作品に『ハックルベリー・フィンの冒険』『しあわせの王子』『小公子』などがある。一九五七年没。

出典：『空に浮かぶ騎士』所収　学研　1979年

「剣豪武蔵《けんごうむさし》」はなぜ天下無敵《てんかむてき》だったのか、その秘密《ひみつ》にせまる読み物。

絵・篠崎三朗《しのざきみつお》

荒《あ》れ野《の》のみなし子

ついに、母が死んだ。伊織《いおり》はひとりぽっちになった。母は長い間病気だった。

「わたしが死んだら、おまえはたったひとりになってしまうね。」

と、いつも心配していた。そのたびに、伊織《いおり》は、

「ひとりになんかならないよ。」

と笑った。なぜ？　ときく母に、

「だって、お母さんの病気は必ず治るもの。」

とこたえた。母は布団《ふとん》のえりでなみだをふきながら何度もうなずいた。母が死んだ日、伊織《いおり》は、いつものように小川にどじょうをとりに行った。どじょうは、薬のかわりに毎日母に食べさせていたものだった。母が死んでしまったのだから、もうどじょうをとってもしかたがないのだが、ほかにすることもなかった。伊織《いおり》はどじょうとりの名人だった。足の先で川底のどろをまさぐりながら、どじょうがいると、ぱっと足の指ではさんだ。失敗することなどなかった。

どじょうをとりながら、伊織《いおり》は、

「母の死体を、どうやって山の墓《はか》まで運ぶかな。」

と考えた。このあたり、ほかに家はない。

伊織《いおり》の家は、秋田《あきた》のかたすみにある広い野原の中の一軒家《いっけんや》なのである。夜になるときつねが出る。物干《ものほ》しにはふくろうがとまって鳴く。ずっと前に死んだ父は母と、畑を耕《たがや》して暮《く》らしていた。八歳《さい》の伊織《いおり》には畑仕事などできない。ほんとうは、子どもひとりで、あしたからどうやって暮《く》らしていけばいいのか、そのことのほうが大事なのだが、伊織《いおり》にとっては、まず、母の死体を山の墓《はか》ま

で運ぶことが大切だった。母は、

「死んだら、お父さんのお墓《はか》にいっしょにうめておくれ。」

と言いつづけていたからだった。伊織《いおり》は、母のその願いをかなえたかった。しかし、母の死体は山まで運べない。子どもの伊織《いおり》には、大きすぎるし、重すぎるのである。

そんなことを考えていると、小川の水の上に人のかげが映《うつ》った。

顔を上げると、ほこりだらけの若《わか》い男がじっと伊織《いおり》を見つめていた。旅の武《ぶ》士《し》である。目がにらむようにするどい。

「なにか用かい？」

伊織《いおり》がきくと、武士《ぶし》は、

「おまえのどじょうのとり方はすばらしい。まるで、剣道《けんどう》の名人のようだ。」

と言った。伊織《いおり》はふんと笑った。そして、

「おせじを言って、どじょうをもらう気だろう？　でも、このどじょうは全部やるよ。もう食べる人もいないから。」

と、おけに入ったどじょうをそのまま武士《ぶし》につきつけた。武士《ぶし》は笑って首をふり、

「いらないよ。おまえのどじょうとりを見て、わたしの剣道《けんどう》にずいぶん参考になった……。」

そんなことを言って、去った。その武士《ぶし》の歩き方が、まるでうすい氷の上を行くように軽いのが伊織《いおり》をびっくりさせた。伊織《いおり》はつぶやいた。

「変なさむらいだ……。」

武蔵《むさし》の子になる

夜ふけ、伊織《いおり》が母の死体のわきでぼんやりしていると、外から戸をたたく音がする。

「だれだい？」

ときくと、

「旅の者だ。一晩《ひとばん》とめてほしい。」

と言う。伊織《いおり》はどなった。

「布団《ふとん》も食べものもない。二里半《りはん》（約十キロ）ほど先に村がある。そこへ行ったほうがいい。」

しかし、旅の男は、

「食べものも布団《ふとん》もいらない。ただ、転がるだけでいい。」

とたのむ。しかたないので、戸を開けてやると、入ってきたのは、昼間の武士《ぶし》だった。

「どじょうとりの名人か……。」

武士《ぶし》は笑った。そして、すみの母を見ると、

「病気か？」

ときいた。伊織《いおり》は、首をふって、

「死んでいるよ。」

とこたえた。武士《ぶし》はちょっとびっくりしたようだったが、すぐ板の間に転がり、

「つかれているので、ねかせてもらうよ。」

と、すぐ軽いいびきをかきはじめた。

武士《ぶし》がねると、伊織《いおり》は、おし入れから刀を出してきて、とぎはじめた。

（しかたがないから、母の死体をばらばらに切って少しずつ山に運ぼう。）

と、心を決めたのである。伊織《いおり》が刀をとぎはじめると、ねている武士《ぶし》がかすかに動いた。見ると、右の手がそっと刀のつかをにぎっている。伊織《いおり》が笑いだした。

「おさむらいさん。ずいぶんおくびょうだね。」

「なに？」

武士《ぶし》は、はね起きた。やはり起きていたのである。伊織《いおり》は言った。

「刀をといでいるのは、おさむらいさんを殺《ころ》すためではないよ。死んだお母さんの死体が重くて持てないから、ばらばらに切って運ぶんだ。」

「……。」

伊織《いおり》の説明を聞いて、武士《ぶし》は、

「そうか。それを、わたしは、わたしを殺《ころ》すためだ、とかんちがいした。おまえの言うとおり、おくびょうではずかしい。しかし、おまえはほんとうに勇気のある子どもだな。」

と、感心した。そして、

「いくらなんでも母をばらばらに切ってはいけない。死体はわたしが運んであげる。わたしは宮本武蔵《みやもとむさし》という者だ。」

と言った。宮本武蔵《みやもとむさし》と聞いて、伊織《いおり》はびっくりした。宮本武蔵《みやもとむさし》は、百姓《ひゃくしょう》になる前武士《ぶし》だった父から、よく名を聞いた有名な剣道《けんどう》の名人だった。まだ二十八歳《さい》ぐらいなのに、五十数回も試合をして、一度も負けたことがなかった。

(この人が、あの有名な武蔵《むさし》?)

と、伊織《いおり》は改めて旅の武士《ぶし》を見た。

暗い山道を母の死体をかついで歩きながら、武蔵《むさし》は言った。

「ひとりぼっちで八歳《さい》の子は暮《く》らせない。わたしの子になれ。」

伊織《いおり》はこたえた。

「なってもいいよ。」

伊織《いおり》はどことなく武蔵《むさし》が気に入っていたのである。武蔵《むさし》は、

「それでは、あしたは京都《きょうと》に向かって出発だ。近く、京都《きょうと》の一乗寺《いちじょうじ》というとこ

ろで、吉岡憲法《よしおかけんぽう》の孫《まご》と試合だ。」

と言った。吉岡憲法《よしおかけんぽう》は、西日本でいちばん強い剣術家《けんじゅつか》だったが、武蔵《むさし》と試合して負け、自殺《じさつ》した。その子の清十郎《せいじゅうろう》・伝七郎《でんしちろう》が父のかたきをうつために、次々と挑戦《ちょうせん》したが、武蔵《むさし》はそのたびに勝った。清十郎《せいじゅうろう》は腕《うで》を折られ、伝七郎《でんしちろう》は死んだ。最後に残った、清十郎《せいじゅうろう》の子又七郎《またしちろう》が、門人《もんじん》を全部集めて武蔵《むさし》を待ちかまえているのだった。

翌日《よくじつ》、伊織《いおり》は、小さな荷物を持って武蔵《むさし》といっしょに、住みなれた家を捨《す》てた。武蔵《むさし》は、

「今日から、おまえの名は宮本伊織《みやもといおり》だ。」

と言った。

一乗寺《いちじょうじ》の決戦

一乗寺《いちじょうじ》は京都《きょうと》の東北にある。大原《おおはら》の方に行くとちゅうで、まだ畑が多い。畑

の真ん中に一本の松がある。土地の人は、その松を〝下《さ》がり松《まつ》〟と呼《よ》んでいた。

武蔵《むさし》と吉岡勢《よしおかぜい》との試合は、その下《さ》がり松《まつ》のそばで行われることになっていた。

試合の日、まだ、夜が明けないうちに武蔵《むさし》は伊織《いおり》を起こした。

「下《さ》がり松《まつ》のあたりのようすを見てきてほしい。敵《てき》は、どんな待ちぶせをしているかわからない。わたしは顔を知られているから、見に行けないのだ。」

そう言う武蔵《むさし》に、伊織《いおり》は喜《よろこ》んでうなずいた。ぶるぶると体がふるえる思いがした。こわいのではなく、うれしいのだった。

うす暗い道を一乗寺《いちじょうじ》まで来ると、もう、あちこちでたき火《び》の火が見える。話し声もするし、刀や、やりのふれあう音もする。吉岡勢《よしおかぜい》はすでに待ちかまえているのである。人数がすごい。ざっと百五十人はいる。

(ひきょうだ!　たったひとりの敵《てき》に。)

伊織《いおり》はおこった。百五十人の人数は一か所に集まっているのではない。木のかげや、枝《えだ》の上、あるいはやぶの中や、草のしげみの中に、何人かずつかくれているのである。試合などというものではない。やみうちである。吉岡勢《よしおかぜい》は、どんなことをしてでも武蔵《むさし》を殺《ころ》して、いままでのうらみをはらそう、としているのだった。

「武蔵《むさし》は、やり隊《たい》がつき殺《ころ》せ!」

そんな命令が聞こえた。伊織《いおり》は少しおそろしくなった。こんなに大勢《おおぜい》の人間を相手にして武蔵《むさし》は勝てるだろうか、と、心配になってきたのである。

それでも、伊織《いおり》は、吉岡方《よしおかがた》の大将又七郎《たいしょうまたしちろう》が、下《さ》がり松《まつ》の下に、何人かの門人《もんじん》に守られて立っているのをはっきりと見た。

宿に帰って報告《ほうこく》する伊織《いおり》の話を、武蔵《むさし》はだまって聞いた。どこかの寺からたいこの音がしていた。武蔵《むさし》は、そのたいこの音に、じっと、耳をかたむけていたのである。伊織《いおり》の話が終わると、武蔵《むさし》は言った。

「伊織《いおり》、あの音はどのようにきこえる?」

「……同《おな》じ音にきこえるよ。」

「うん、同じ音にきこえるな。しかし、あのたいこを打っているのは、同じ手ではない。右と左を代わる代わる打っているのだ。練習のしかたで、右、左、

あっとうしていた。何人かを傷《きず》つけ、殺《ころ》していた。吉岡勢《よしおかぜい》はきりたてられた。たったひとりの武蔵《むさし》に、百数十人の相手が負けるなどというのは、考えられないことだった。しかしほんとうだった。

(強い!)

伊織《いおり》は声をあげた。その伊織《いおり》の前に、とつぜん武蔵《むさし》が飛びだしてきた。そして、

「伊織《いおり》、来い! 奈良《なら》へにげよう。」

と言った。にげよう、と言いながら、そのくせ、武蔵《むさし》は笑っていた。すでに、この試合に勝っていると、知っていたからである。うん、と伊織《いおり》もにげだした。

奈良《なら》で

奈良《なら》の寺で、伊織《いおり》は武蔵《むさし》から色々なことを教わった。習字や絵をかくことや、彫刻《ちょうこく》も教えてもらった。武蔵《むさし》はなんでもうまかった。

剣道《けんどう》が技《わざ》だけでなく、心の持ち方が大切であり、その心の持ち方を良くするために、武蔵《むさし》は絵をかいたり、字を書いたりするのだった。こんなことも言った。

「神や仏《ほとけ》をあがめるのはいい。しかし、神や仏《ほとけ》に助けてもらおうと思って、すがるのは良くない。」

「自分のしたことはけっして後悔《こうかい》するな。そのためには、後悔《こうかい》しないようなことをしなければいけない。」

こういう武蔵《むさし》だから、自分のどじょうとりの中にも、なにか教えられることがあったのだな、と思った。なんにつけても、人とちがったするどいものの見方、感じ方をするのが武蔵《むさし》であった。

ただ、伊織《いおり》には、たったひとつの不満があった。それは、武蔵《むさし》が、試合だけに生きている、ということであった。それも、勝つために試合をしている、ということであった。

それによって、武蔵《むさし》はますます有名になる。この奈良《なら》でも、宝蔵院《ほうぞういん》という有名なやりの名人を負かしていた。

（負かせば負かすほど敵《てき》が多くなる。）

武蔵《むさし》をうらんで、にくむ人間が多くなる。いまに、日本のどこへ行っても、武蔵《むさし》はねらわれるようになるだろう。それが伊織《いおり》には心配だった。

（剣道《けんどう》のための習字や絵でなく、平和な生活を送るための、習字や絵だといい……。）

伊織《いおり》は何度もそんなことを思った。

そんなとき、九州《きゅうしゅう》から佐々木《ささき》小次郎《こじろう》という男が武蔵《むさし》に試合を申しこんできた。

佐々木《ささき》は中国《ちゅうごく》地方から九州《きゅうしゅう》にかけて、だれにも負けないという、剣豪《けんごう》である。

熊本県《くまもとけん》の細川《ほそかわ》という大名《だいみょう》の剣道《けんどう》の先生をしていたので、評判《ひょうばん》の高い宮本武蔵《みやもとむさし》を打《う》ち負《ま》かさなければ、彼《かれ》のほこりが許《ゆる》さないのだった。

「……伊織《いおり》、この試合を、わたしの最後の試合にしよう。」

佐々木《ささき》からの試合申しこみの手紙を見せながら、武蔵《むさし》は、静かに言った。

「……。」

伊織《いおり》は、だまって武蔵《むさし》を見た。伊織《いおり》の気持ちは、武蔵《むさし》もすでに知っていたのである。

「この試合に勝ったら、おまえを立派《りっぱ》な大名《だいみょう》にすいせんする。剣道《けんどう》の精神《せいしん》を生かして、平和な生き方をしてくれ。」

いつになく武蔵《むさし》はしみじみと言った。

伊織《いおり》は、

「そうします。」

とこたえた。伊織《いおり》も、もう、ただ、乱暴《らんぼう》な少年から、ものごとを深く考えようとする少年に変わりつつあった。

決戦船島《ふなしま》

小次郎《こじろう》との試合の場所は、九州《きゅうしゅう》小倉《こくら》から海に出て四キロほどのところにある船島《ふなしま》に決まった。試合開始は五つ（午前八時）。

その日、五つになっても武蔵《むさし》は出かけない。伊織《いおり》はちょっといらいらした。

「試合の時刻《じこく》が過《す》ぎます。ここから船でも船島《ふなしま》まで半時《はんとき》（一時間）はかかります。島に着くのは五つ半《はん》（九時）になってしまいますよ。」

そう言うのだが、武蔵《むさし》は平気だ。

「いいよ、いいよ。」

と言ってすましている。そして、武蔵《むさし》の評判《ひょうばん》を聞いてやってきた九州《きゅうしゅう》の武士《ぶし》が、竹ざおを十本ばかり持ってきて、

「この中から、はたざおにしていいものをお選びください。」

と言うのを相手にしている。どういう選び方をするのか、と思って見ていると、竹を一本一本、木刀《ぼくとう》をふるようにビューッとふる。そのたびに弱い竹はとちゅうからパキッと折れてしまう。すごい力だ。ビューッ、バキッ、ビューッ、バキッ、とくりかえして、ようやく折れない竹を見つけた。

「これがいい。」

そう言って武蔵《むさし》は笑い、

「伊織《いおり》、船だ。」

と、ようやく立ちあがった。五つは、とうに過《す》ぎている。

船の上で、武蔵《むさし》は船頭《せんどう》からかい*を一本もらい、これをけずりはじめた。

「なにをするのですか?」

伊織《いおり》がきくと、

「木刀《ぼくとう》を作る。これで小次郎《こじろう》と試合する。」

と答えた。木刀を作りおわるころ、船はようやく船島《ふなしま》に着いた。四つ(十時)を過《す》ぎてしまっている。

岸から、かんかんにおこっている佐々木《ささき》がかけだしてきた。武蔵《むさし》を陸に上げないように、波打ち際《ぎわ》に立ちながら、大声でどなった。

「約束の時間をなぜ守らない? ひきょうだぞ!」

そう言って、いきなり刀をぬき、さやを捨《す》てた。これを見ると、武蔵《むさし》は、

「小次郎《こじろう》、おまえの負けだ。」

と笑った。

*かい…水をかいて船を進める木の棒《ぼう》。ボートのオール。

「なぜ、負けだ？」

と、おこる小次郎《こじろう》に、

「勝つならば、刀をしまうさやは捨《す》てない。」

と、武蔵《むさし》は、木刀を持って船の中から言った。わざと時間におくれて小次郎《こじろう》をおこらせ、さやを捨《す》てたことをからかってさらにおこらせ、そのうえ、*真剣《しんけん》の小次郎《こじろう》に木刀で立ちむかう、というのは、どこまでも小次郎《こじろう》の気持ちを乱《みだ》そうとする武蔵《むさし》の作戦だった。

この作戦に、小次郎《こじろう》は引っかかった。

「おのれ、武蔵《むさし》！」

と、我《われ》を忘《わす》れて切りかかる小次郎《こじろう》の頭を、武蔵《むさし》は船の上から飛びあがって一撃《いちげき》でたたきわった。小次郎《こじろう》は、そのまま死んだ。

死ぬときに、横にふった刀は、武蔵《むさし》のはかまのすそを切った。

この試合をずっと見ていた伊織《いおり》は、

（勝つための作戦だ……。）

＊真剣《しんけん》…本物の刀。

と、武蔵《むさし》の行《おこな》いを厳《きび》しく見つめた。自分が母の死体をばらばらに切ろうと刀をといでいるときに、じっと刀のつかに手をかけていた武蔵《むさし》の姿《すがた》がうかんだ。ちょっとこわくなった。

　宮本武蔵《みやもとむさし》は、その言葉どおり、その後は試合をやめた。伊織《いおり》は、九州《きゅうしゅう》の小笠《おがさ》原《わら》という大名《だいみょう》の剣術《けんじゅつ》の先生になり、しまいには、*家老《かろう》という重役にまでなった。しかし、ぜったいに人と試合をしたり、人を殺《ころ》すようなことはしなかった。江戸城《えどじょう》の将軍《しょうぐん》の前で、荒木又右衛門《あらきまたえもん》と引き分けになったのが、伊織《いおり》のただひとつの試合である。武蔵《むさし》が死んだあと、伊織《いおり》は、この自分の*養父のために小さな*ひを建てた。このひは、いまも九州《きゅうしゅう》に残っている。

*家老《かろう》…大名の家《か》臣《しん》のうちで、最も上位にあり家来を統率《とうそつ》する役職《やくしょく》。

*養父…養子に行った先の父親。

*ひ（碑《ひ》）…後世《こうせい》に伝えるために、文を石にきざんで建てたもの。

童門冬二（どうもんふゆじ）　一九二七年東京に生まれる。主な作品に『暗い川が手を叩く』『明日は維新だ』『異説新撰組』『織田信長』『武田信玄』『福沢諭吉』『妖怪といわれた男』などがある。

出典：『3年の読み物特集号』所収　学研　1971年

“占《うらな》い師《し》”の言葉がもたらしてくれた温かい心の発見。

夕暮《ゆうぐ》れの占《うらな》い師《し》

作・加藤純子《かとうじゅんこ》

絵・大庭賢哉《おおばけんや》

ついてる。おもしろいようについてる。

ろくに勉強もしていなかったのに、まぐれのように百点はとってしまったし、前から欲《ほ》しいと思っていたセーターを、母さんがなんの前ぶれもなく買ってきてくれたし……。おまけに五百円玉は拾うし。

ピンときた。占《うらな》いが当たったんだ。この間、町を歩いていたら、とつぜん声をかけられ、占《うらな》ってもらった、あのおばさんの占《うらな》いが。

……あれはちょうど一週間前のこ

とだった。

「一生友だちでいようね。」

とかなんとか言っていた親友の朋子《ともこ》が、急に引《ひ》っ越《こ》すって言いだした。

「ちょっと遠くなっちゃうけど、自分の部屋もできるし、部屋から海も見えるんだよ。麻美《まみ》、ぜったい遊びに来てね。」

引《ひ》っ越《こ》し？

とつぜんの朋子《ともこ》の言葉に、麻美《まみ》の思考回路は固まったままだった。

「転校するのは、ちょっと不安だけど。それに、麻美《まみ》とはなれるのもさびしいけど……。でも自分の部屋ができて。ママがかわいい花柄《はながら》のカーテンもつけてくれるって言うし。」

うそばっかり。さみしいなんて、そんなのうそ。

新しい家への、期待でいっぱいって顔の朋子《ともこ》の顔を見ながら、麻美《まみ》は自分の気持ちが落ちこんでいくのがわかった。

朋子《ともこ》がいなくなったら、わたしは、これからだれといっしょに帰ればいいのだろう。だれと遊びにいけばいいのだろう……。

とつぜん、「ひとりぼっち」という実感がおしよせてきた。

「転校しても、麻美《まみ》とはずっと友だちでいようね。」

六年二組の教室の、重苦しい空気が頭をかすめた。

六年生になって半年も過《す》ぎると、友だちのグループも決まってしまっている。いまさらどのグループに入っていけばいいというのだろう。

みんなの顔がうかんだ。

みんな数人のグループだけのからにおさまって、「わたしには仲間がいる」その思いだけで日々を過《す》ごしている。おまけにそのからには、簡単《かんたん》には入りこめないうすいまくが、張《は》りめぐらされているのだ。

実際《じっさい》、麻美《まみ》と朋子《ともこ》もそうだった。

(朋子《ともこ》がいなくなったら、わたし、どうなっちゃうのだろう。みじめな思いで、毎日をたったひとりで過《す》ごさなくてはいけないのだろうか。)

「ねえ、麻美《まみ》、ずっと友だち……。」

「でも朋子《ともこ》がいなくなったら、わたし、クラスでひとりだよ。ほかに友だちなんかいないし。」

不安な思いはあとからあとからふくらんでいった。そしたら、思わずつっけんどんな口調《くちょう》になっていた。

そんな麻美《まみ》の思いなど意《い》にかいさないような、くったくのない顔で朋子《ともこ》はにこっと笑うと、ほっぺにえくぼを作った。

「そっか、でもわたしも新しい友だち作るから、麻美《まみ》だってがんばんなよ。ねえ、麻美《まみ》、あと二か月、よろしくね。」

ぺこんと頭を下げた。

天真《てんしん》らんまん。

これが朋子《ともこ》らしいところだ。朋子《ともこ》なら新しい場所でもきっとすぐに友だちができる。

じゃあ、わたしは？　……。

神様……。麻美《まみ》は目をつむると、おでこに手を当てた。

その翌日《よくじつ》のことだった。その日も何事もなく、一日が終わった。けれど、朋子《ともこ》の会話のはしばしには、明らかにおとといまでとはちがった、新しく引《ひ》っ越《こ》していく場所への夢《ゆめ》が入りこんでいた。

お日様が西にかげり、空が群青色《ぐんじょういろ》に染《そ》まりはじめた夕暮《ゆうぐ》れ。

「麻美《まみ》、コンソメを切らせちゃった。コンビニで買ってきて。」

麻美《まみ》は、夜のやみがしのびはじめる、この時間がいちばんきらいだった。暗くなりはじめた町の角を曲がるとき、ばったり、なにかが現《あらわ》れるような……。殺人鬼《さつじんき》、いや、人さらい……。とにかく、ひとりぼっちで歩いている後ろから、なにかがおそってくるような気がして、思わず立ち止まってしまうのだ。心臓《しんぞう》までばくばく音を立てているのが聞こえる。

明かりのこぼれる家々からは煮物《にもの》のおしょうゆのにおいが運ばれてくる。小さな子どもの声も流れてくる。

それでも夜のやみは、黒くて大きな手を広げるように、ひたひたとおしよせてきている。

その日もそうだった。母さんにたのまれた買いものをして、コンビニを出て角を曲がったしゅんかん。

麻美《まみ》は思わず、まばたきをした。

「あれ？」

道をまちがうはずがない。でも、いま立っているその場所は……、うす暗い電灯の明かりがぼんやり照らしているここは、見たことのない場所だった。

麻美《まみ》はもう一度目をこすると、手にしていたコンビニのビニール袋《ぶくろ》をつかみなおした。そのときとつぜん、見知らぬ女の人に声をかけられた。

「おじょうちゃん、なにかなやみごとがあるでしょ？　占《うらな》ってあげる。千円だけど、おまけで五百円でもいいよ。」

なやみごと。五百円。占《うらな》い。

麻美《まみ》は思わず、母さんから預《あず》かったおさいふの中をのぞいた。一円や百円にまじって五百円玉が一個《こ》ある。

小さなテーブルの上には水晶《すいしょう》の玉のようなものが、小さな布団《ふとん》の上にのっていた。いすに座《すわ》って、麻美《まみ》に声をかけてきたのは、母さんと同じくらいの年の女の人だった。

麻美《まみ》は、本物の占《うらな》い師《し》というのを見たのは、はじめてだった。それにしても、こんな場所に占《うらな》い師《し》が座《すわ》っているなんて……。

でも占《うらな》い師《し》っていうわりには、ただの地味なおばさんだった。おばさんはテーブルの前に置いてある小さな折りたたみのいすを指さすと、にっこり笑った。

「ここに座《すわ》って。」

冬になりたての冷たい風がぴゅっと麻美《まみ》のほほをなでていった。体がかちんとかたくなった。

「だいじょうぶだから、ここに座《すわ》って。」

麻美《まみ》の心の中を見《み》すかすように、占《うらな》い師《し》のおばさんが言った。

「おじょうちゃん、巳年《みどし》だね。あんたは巳年《みどし》の悪いところを全部持っている。……五黄土星《ごおうどせい》は、今年はいい年のはずなのに。」

五黄土星《ごおうどせい》？　巳年《みどし》？　悪いところ？

五黄《ごおう》なんとかが、なにかは麻美《まみ》にはわからなかったが、たしかに自分は巳年《みどし》、へび年《どし》だ。なんで顔を見ただけで、そんなことがわかるのだろう。それに悪いところってなんだろう。

「悪いところをいいところに変える。そうすれば、いまのなやみは解決《かいけつ》するわよ。方法はひとつ。人の立場に立ってものを考えること。自分の気持ちだけを通そうとしないで、もっと人に優《やさ》しくなること。……そしたら運が向いてくるから。」

にこっと笑った占《うらな》い師《し》のおばさんの、鼻の穴《あな》のちょうど真下には大きなほくろがついている。夜のやみの中で見ると、それはまるで、大きな鼻くそみたいだった。

「あんたの悪いところは、がんこで疑《うたが》い深《ぶか》いところ。あんたはいま、わたしの話なんかろくに聞いてないで、このほくろばかりを見てたね。」

だれだろう、このおばさんは。なんだってわたしを呼《よ》びとめたのだろう。それにここはいったい？

急に麻美《まみ》は不安になってきた。五百円玉をぎゅっとにぎりしめている手のひらは、あせでべっとりしている。

麻美《まみ》は思わずあとずさりすると、あたりを見回した。

道の向こうには見なれた塾《じゅく》の看板が見える。お酒屋さんも見える。なあんだ、いつもの場所じゃない。でも、さっきのいっしゅんの迷《まよ》いはなんだったのだろう。

見ると、目の前のおばさんがいすやテーブルを片《かた》づけはじめている。黒い大きな袋《ふくろ》を取りだすと、それに小さくたたんだテーブルやいすをくるくる丸めてつっこんでいる。そして最後に水晶《すいしょう》を大事そうに持つと、麻美《まみ》を見た。

「おじょうさん、わたしのこと、インチキな占《うらな》い師《し》だと思ってるわね。まあ、プロとはいえないかもしれないけど、わたしだってそこそこは勉強したのよ。むすめを亡《な》くしてからね。」

「むすめ？」

「三年前、いじめにあって自殺《じさつ》したのよ。あのときわたしは、親としてどんなに悲しくて、また苦しんだことか。それから思うようになったのよ。人間、だれかにはげましてもらったり、背中《せなか》をおしてもらわないと、つらいときがあるって。」

おばさんは、鼻の下のほくろを指でこすると、笑った。

「ただがんばれって言われたからって、人間そうそうがんばれないでしょ。でもなにかに支《ささ》えてもらえば、とりあえず元気でいられるかもしれない。そんなことが、むすめが元気だったときにはわからなかったのよ。」

麻美《まみ》の頭に朋子《ともこ》の顔がうかんだ。そうだ、朋子《ともこ》って友だちがいなくなったあと、自分はどうやって自分を支《ささ》えていけばいいのか、それがわからないから、こんないらいらしてるのだ。

「さっき、おじょうさんは、いまにも死にそうな顔をしてたのよ。だから声をかけたくなったの。あんたは相当ながんこ者《もの》だわ。でも、そんな生き方をしていたら、つらくなっちゃう。もっと肩《かた》の力をぬいて、気負《きお》わずに、だれかに話しかけるときは深呼吸《しんこきゅう》して、それでにこっと笑ってごらん。そしたら必ず運は開けるから。」

なんだかわからないけれど、おばさんのその言葉に麻美《まみ》は、気持ちが少しだけ軽くなっていくような気がした。

「あの、五百円。」

にぎりしめていて、熱くしめった五百玉を差しだした。

「いいわよ、結局たいして占《うらな》ってあげられなかったんだし。あなた自身優《やさ》しい気持ちになることが、きっとあなたを救《すく》ってくれるし、運も開けていくことになる。」

優《やさ》しい気持ち。運が開ける……。

さっきまでのなまりのような気持ちがするっと、とけていくような気がした。

麻美《まみ》は、片《かた》づけおえて、そこを去っていく占《うらな》い師《し》のおばさんの後ろ姿《すがた》を、見送った。

それが一週間前のできごとだった。

優《やさ》しい気持ちになる。深呼吸《しんこきゅう》してにこっと笑う……。

かんたんなようにみえて、いざやろうとすると、それは難《むずか》しかった。十二歳《さい》という年は、それなりに麻美《まみ》という人間をつくりあげていたから。

「麻美《まみ》、これ、おそろいなの。記念にとっておいて。」

そう言って朋子《ともこ》は、ピンクのクマのキーホルダーを麻美《まみ》の手ににぎらせた。

あと二か月あるっていうのに、記念だって……。

朋子《ともこ》の気持ちはもうすっかり海の見える新しい家に飛んでいる。そう思うと、また気持ちがざらざらしそうになった。けれど次のしゅんかん。

あのおばさんの顔がうかんだ。

深呼吸《しんこきゅう》して、にこっと笑う……。

麻美《まみ》は、ピンクのクマのキーホルダーを見つめながら、深呼吸《しんこきゅう》した。

「かわいいね。これ。」

にこっとできたかどうかは、自分でもよくわからなかった。でも気持ちだけは、にこっとした。

「よかった……。」

ぽつんと朋子《ともこ》がつぶやいた。

「麻美《まみ》、ずっとおこってたから。このまま、別れるのいやだなって……。だって麻美《まみ》はわたしにとって、大事な友だちだもん。」

なんだか泣きそうになった。そのしゅんかん、いろいろな思いが、優《やさ》しい風になでられるように、ほぐれていった。占《うらな》いのとおりだ。あのおばさんが言ったとおりだ。

麻美《まみ》は気負《きお》っていた肩《かた》の力をぬくと、朋子《ともこ》に笑いかけた。そしたらちょっとだけ、のどのおくに熱いかたまりがこみあげてきた。


夜になりかけのやみは、いまもきらいだ。でも、忘《わす》れんぼの母さんに買いものをたのまれて、あの角を曲がるたび、麻美《まみ》は、いつか出会った占《うらな》い師《し》のおばさんの姿《すがた》をさがしている。

あれから、麻美《まみ》はなんだか自分の人生が変わったような気がしている。ほん

のいっしゅん、だれかにちょっと背中《せなか》をおしてもらっただけで、友だちやクラスの子たちを見る目が変わってくることに、不思議な気がしている。

二か月後、朋子《ともこ》は引《ひ》っ越《こ》していき、麻美《まみ》はいま、なんとなく入りやすかったグループのすみっこにいる。でも教室から見える空の青さを見るたび、麻美《まみ》は自分に言いきかせるのだ。

自分が変わること……。

そう思うと、心の中にたまっていたいろいろなものが、ぷちぷちと小さな音を立てて消えていく。

あの空の下、朋子《ともこ》はいまごろ、きっと朋子《ともこ》らしく生きているにちがいない。


加藤純子（かとうじゅんこ） 埼玉県に生まれる。主な作品に『初恋クレイジーパズル』『モーツァルトの伝言』『頭がよくなる10の力を伸ばすお話』『アンネ・フランク』『日本で初めての女性医師　荻野吟子』などがある。

命を預《あず》かる職《しょく》にある人の、ひたむきな姿《すがた》をえがくノンフィクション。

ダンニャバーダ　わたしのネパール

文・井上《いのうえ》こみち

▲ネパールで助産学を教える俵友恵《たわらともえ》さん。

＊「ダンニャバーダ」は、ネパール語で「ありがとう」の意味。

　一九九〇年十二月十日、背筋《せすじ》がぴんとのびた、すらりとした女性《じょせい》が、成田空港《なりたくうこう》に降《お》りたった。

（ずいぶん日本は変わったなあ。わたしはまるで浦島花子《うらしまはなこ》だわ。）

　そうつぶやいたのは、ネパールから二十一年ぶりに帰国した、俵友恵《たわらともえ》だった。

　友恵《ともえ》は、とちゅう、イギリスやアメリカの学校に留学《りゅうがく》した時期はあったものの、ほとんどネパールで過《す》ごした。

　＊『日本キリスト教海外医療協力会《かいがいいりょうきょうりょくかい》』の看護師《かんごし》としてネパールへ派遣《はけん》され

たのだ。前半は*辺地《へんち》の医療《いりょう》につくし、後半は、看護《かんご》学校で助産師《じょさんし》や保健師《ほけんし》の養《よう》成《せい》に情熱《じょうねつ》をかたむけた。

友恵《ともえ》がネパールに飛びたったのは、一九六九年、二十九歳《さい》の秋だった。

小さな看護師《かんごし》さん

友恵《ともえ》が小学生のときのこと。

「俵《たわら》さんがよく手伝ってくれるので、この部屋はいつもきれいだわ。ありがとう。」

友恵《ともえ》は、養護《ようご》の先生に声をかけられるのがうれしかった。放課後の保健室《ほけんしつ》で洗《あら》いあがった包帯を、手際《てぎわ》よく巻《ま》いていた。

「わたし、こういうこと大好きなの。」

友恵《ともえ》は、大きな目を細めてにっこりした。

遠足では、救護係《きゅうごがかり》を引き受け、救急箱《きゅうきゅうばこ》を持ってみんなの後ろから歩く。


*日本キリスト教海外医療協力会《かいがいいりょうきょうりょくかい》…アジアをはじめとした保健医療《いりょう》が十分でない地域《ちいき》へ協力を行っている、民間《みんかん》の団体。

*辺地《へんち》…都会からはなれた、不便な土地。

クラスでもいちばん背《せ》の高い友恵《ともえ》は、たよりがいのあるお姉さんといったところだ。

「転んでひざをすりむいた子がいるの。見てあげて」と、先生にたのまれるが早いか、友恵《ともえ》は救急箱《きゅうきゅうばこ》を開ける。ピンセットで消毒《しょうどく》ガーゼをつまみだし、慣《な》れた手つきで傷口《きずぐち》をふく。

養護《ようご》の先生の手伝いと、保健室《ほけんしつ》通いは、小学校を卒業するまで続いた。

友恵《ともえ》は、一九四〇年に北朝鮮《きたちょうせん》（朝鮮民主主義人民共和国《ちょうせんみんしゅしゅぎじんみんきょうわこく》）で生まれた。父親の仕事の関係で、戦後*一年目の一九四六年まで、北朝鮮《きたちょうせん》で過《す》ごした。両親とともに、日本に帰ることになった六歳《さい》の友恵《ともえ》は、引《ひ》き揚《あ》げ船の出る港まで、大人といっしょに何日も歩いた。列車も車もないので、歩くしかなかったからだ。おおぜいの帰国者と、はげましあいながら港にたどりついた。やっとの思いで九州《きゅうしゅう》の佐世保《させぼ》に着くと、今度は引《ひ》き揚《あ》げ者《しゃ》*でごったがえしていた。

友恵《ともえ》は、ようやく帰国できたものの、ふるさと金沢《かなざわ》へ向かう列車で、危《あや》うく両親とはぐれそうになった。それほど混乱《こんらん》していた。

＊戦後…第二次世界大戦の終わったあと。
＊引《ひ》き揚《あ》げ者《しゃ》…戦争により、国外から日本に帰ってきた人々。

友恵《ともえ》は中学生になると、それまでの色々な経験《けいけん》から、「自分はなんのために生命をあたえられたのか？」と、思《おも》いなやんだ。

そして、看護師《かんごし》になって、人のために働こうと決心した。

はじめての試練

友恵《ともえ》は、高校を卒業すると、専門《せんもん》学校で勉強して、看護師《かんごし》と助産師《じょさんし》の資格《しかく》を取り、病院で働いていた。

あるとき、『日本キリスト教海外医療協力会《かいがいいりょうきょうりょくかい》』が東南アジアをはじめ医療《いりょう》にめぐまれない地域《ちいき》に、医師《いし》や看護師《かんごし》を派遣《はけん》しているという話を聞いた。

友恵《ともえ》の胸《むね》は高鳴った。日本のようには色々な面でめぐまれていない国の人たちのために働きたい、困《こま》っている人の役に立つことで、自分自身も生きているという実感を持ちたいと思っていたからだ。

そのころ出会ったキリストの言葉〝あなた自身を愛するように、あなたの隣《りん》人《じん》を愛しなさい〟にも心が動いていた友恵《ともえ》は、さっそく協力会に、申し出たのだった。

友恵《ともえ》は未知の国での仕事のようすを胸《むね》にえがきながら連絡《れんらく》を待った。

派遣先《はけんさき》は『ネパール。首都カトマンズ郊外《こうがい》のチャパガオン地区の診療所《しんりょうじょ》に、三年間』と決まった。

ネパールは中国《ちゅうごく》とインドにはさまれた、日本の三分の一くらいの面積の国だ。東西に細長い形をしている。一年の気候は、*乾期《かんき》と雨期に分かれている。

(どんな人たちが住んでいる国かしら。)

友恵《ともえ》は、ネパールの地図をながめながら、夢《ゆめ》をふくらませた。

けれども、いよいよ出発となると、不安におそわれた。

「どうか、ネパールで良い働きができますように」といのり、羽田《はねだ》を飛びたった。

カトマンズに着くと、すぐネパール語の訓練開始だ。早く言葉を理解して、復習《ふくしゅう》しないと、次の日の予定に進めない。ネパールの国の歴史《れきし》や習慣《しゅうかん》も勉強しなければならない。

＊乾期《かんき》と雨期…ネパールの気候は、六月から九月の雨期と、十月から五月の乾期《かんき》に分けられる。

日本を思いだして感傷《かんしょう》にひたっているひまはなかった。友恵《ともえ》はくちびるをかみしめがんばった。

チャパガオンの診療所《しんりょうじょ》に就任《しゅうにん》する前に、早くも、友恵《ともえ》は試練にあうことになった。

カトマンズの、ある診療所《しんりょうじょ》の駐在員《ちゅうざいいん》が一か月の休暇《きゅうか》を取るので、代理を務《つと》めてほしいとたのまれた。ネパールへ来てまだ一か月目のことだった。

新米駐在員《しんまいちゅうざいいん》二日目、一人の男の人がやってきた。

「友だちが道でたおれたのですぐに来て。」

友恵《ともえ》は、おぼつかないネパール語で病人のようすをきいた。

「何日も前から元気がありませんでした。鼻血をたくさん出しています。」

友恵《ともえ》は外国で初めてみる患者《かんじゃ》に緊張《きんちょう》していた。鼻血に必要な医薬品などをかばんに入れると、男の人の案内に従《したが》った。

「友だちはずっと前から病気だったけど、一度も診察《しんさつ》してもらったことはない。ネパールではそれがふつうだ。」

おばあさんと女の子。 1993年11月／ネパールにて

道でたおれている人を見て、友恵《ともえ》は言葉を失った。鼻血ではなく*喀血《かっけつ》だったのだ。患者《かんじゃ》の意識はすでになかった。おびただしい出血のために窒息《ちっそく》して、間もなく亡《な》くなった。手のつくしようがなかったのだが、友恵《ともえ》は落ちこみ、自分に腹《はら》が立った。

(わたしって、なんてあわてんぼうなの。聴診器《ちょうしんき》さえも持ってこないなんて、看護《かんご》師《し》失格《しっかく》じゃない。)

友恵《ともえ》は、目の前であっけなく消えた生命に打ちのめされた。

幼《おさな》い生命が消えていく

チャパガオンでの生活が始まった。週二回カトマンズからやってくる医師《いし》とともに、診察《しんさつ》にあたった。ほかの日は、村人の家をまわり、赤んぼうの育ち具合をみたり、子どもの健康診断《けんこうしんだん》や、急患《きゅうかん》の応急診療《おうきゅうしんりょう》の仕事に追われた。

ある日、赤んぼうをだいた若《わか》い母親が診療所《しんりょうじょ》にやってきた。

*喀血《かっけつ》…肺《はい》などから出血した血液《けつえき》を、せきとともにはくこと。

友恵《ともえ》が三日ほど前にその家のそばを通ったとき、急いでかくれた母親だった。その母親ばかりでなく、村人たちははじめて見る外国人の友恵《ともえ》に気を許《ゆる》そうとはしなかった。

若《わか》い母親は、困《こま》りはててやってきたのだ。

赤んぼうは、ぐったりしている。ひどいげりのためか、脱水《だっすい》して体が干《ひ》からびている。

受けとって、だきかかえた赤んぼうは紙のように軽かった。すでに、手のほどこしようがなかった。

チャパガオンに来て、わずか二か月の間に、友恵《ともえ》は五人の子をみとった。子どもが病気になりやすく、抵抗力《ていこうりょく》がないのは日ごろの栄養状態《えいようじょうたい》が悪いからだった。

一歳児《さいじ》と病気の子用の*脱脂粉乳《だっしふんにゅう》を、せめて五歳《さい》くらいまであげられないものか。友恵《ともえ》は医療協力会《いりょうきょうりょくかい》へ提案《ていあん》した。同時に、乳児検診《にゅうじけんしん》を実行しようと、村人に呼《よ》びかけた。

*脱脂粉乳《だっしふんにゅう》…牛乳《ぎゅうにゅう》から乳脂肪分《にゅうしぼうぶん》と水分を取りのぞいたもの。保存《ほぞん》できて栄養価《えいようか》が高い。

はじめのうちは、なにをされるかわからないからと、村人は姿《すがた》を見せなかった。それでも根気《こんき》よく新生児の家庭訪問《かていほうもん》を続けていた。そのうち、勇気のある母親が一人、二人とやってくるようになった。赤んぼうを体重測定《たいじゅうそくてい》したり、診《しん》察《さつ》したりする友恵《ともえ》を見つめている。それから、「赤んぼうをみてもらったら、元気になった」と、うわさが広まった。

「シスター、うちの子もみてください。」

と、次々と赤んぼうをだいた母親が来るようになった。

村人たちは、親しみをこめて友恵《ともえ》をシスターと呼《よ》ぶようになっていった。

注射《ちゅうしゃ》がこわい

友恵《ともえ》は、診療所《しんりょうじょ》の向かい側の家に一人で住むことになった。まわりはうっそうとした森で、近くには墓場《はかば》もある。約束された電気は、すぐにきそうにない。水道もない。星の光だけがたよりの夜はさすがにこわい。

友恵《ともえ》がやってきた五月は雨期に入っていた。日本の梅雨《つゆ》のような、しとしと降《ふ》る雨ではない。晴れる日もあるが、いったん降《ふ》りはじめると集中豪雨《しゅうちゅうごうう》のようになる。

道は数十分で川になり、くぼ地はみるみるうちに池になる。家や橋や道まで流されてしまうことがある。

友恵《ともえ》の住居《じゅうきょ》はどろで固めたレンガのかべに、かわらをのせただけの屋根の家だ。これでもしっかりできているほうだが、雨もりがすごい。きりのようにふきこんでくる。とてもねむってなんかいられない。

(お父さんやお母さんは、元気かな。わたしがこんなところに一人で住んでいるって知ったらおどろくだろうな。)

友恵《ともえ》は晴れた夜は満天の星を見ながら、日本を思いだした。

こんな雨も降《ふ》らないと困《こま》る。ネパールでは、かんがい用水がないので、雨は稲作《いなさく》には大切な水源《すいげん》だ。雨をあてにする田植えの時期はいそがしくなり、病人が急に増《ふ》えるシーズンでもある。

乾期《かんき》は、朝夕は雨期より寒いが、日中は気温が上がり、ハエがどっと増《ふ》える。
三、四月ごろはコレラなどの病気が発生する。
「小学生が三人も死んだ。コレラらしい。」

友恵《ともえ》は村人から聞いて胸《むね》を痛《いた》めた。

友恵《ともえ》は、小学校の校長先生に予防注射《よぼうちゅうしゃ》の必要性《ひつようせい》をうったえた。

「シスター、ぜひお願いします。去年もいまごろ、五十人もコレラ患者《かんじゃ》が出ました。子どもを助けてください。」

二十四歳《さい》の青年校長は友恵《ともえ》の申し出を喜《よろこ》んでくれた。

「土曜日の午後に診療所《しんりょうじょ》でやりましょう。先生も協力してください。」

友恵《ともえ》は待ちかまえていたが、呼《よ》びかけに応《こた》えてくる人はほんの少しだった。

友恵《ともえ》は、子どものいる家をたずね、説得《せっとく》しては注射《ちゅうしゃ》をして歩いた。

「ごめんなさい。シスター。注射《ちゅうしゃ》がこわくて行けませんでした」と、母親はすまなそうに頭を下げた。

どの家にも大勢《おおぜい》子どもがいた。七、八歳《さい》の子が、幼《おさな》い兄弟のお守《も》りをしている。十歳《さい》くらいになると、農作業や家事を手伝っている。友恵《ともえ》は、日本の子どもたちとの大きなちがいにおどろいた。

名前は〝ババドゥール〟

友恵《ともえ》は、滞在予定《たいざいよてい》の三年が終わろうとしても、日本へ帰る気になれなかった。（もっともっと働きたい。医療《いりょう》を根づかせるには、看護師《かんごし》を育てなければ。）

友恵《ともえ》は、看護教員《かんごきょういん》の資格《しかく》を取るために、イギリスの学校へ留学《りゅうがく》し、勉強した。

一年後ネパールにもどると、看護《かんご》学校の教師《きょうし》として働いた。

その後、アメリカに看護学《かんごがく》の勉強をしに再《ふたた》び留学《りゅうがく》。またネパールにもどると、カトマンズで看護師《かんごし》の養成を続けた。

ある日、看護《かんご》学校の宿舎《しゅくしゃ》へ十歳《さい》くらいの男の子を連れた女の人がやってきた。

友恵《ともえ》がネパールへ来て十年以上経《た》っていた。

「先生のおかげで助かった子です。ババドゥールといいます。」

友恵《ともえ》は、チャパガオンだけでなく、あちこちの村で多くの子の出産の世話をしている。その一人だろうと思った。

母親はなつかしそうにほほえみかけ、男の子はきらきら光る目を友恵《ともえ》に向けている。子どもの顔も名も覚えてはいない。

友恵《ともえ》は男の子のほおに手をふれたとたん、あざやかにある光景がよみがえってきた。

「お産で苦しんでいる」という知らせで行ってみると、母親は意識《いしき》を失いかけていた。

難産《なんざん》の末、やっと生まれた男の子は、産声《うぶごえ》をあげない。友恵《ともえ》の必死のマウスツウマウス式の人工呼吸《じんこうこきゅう》で、仮死状態《かしじょうたい》の赤んぼうが声をあげた。あせだくになって赤んぼうや母親の世話をする友恵《ともえ》に、家の人たちは心から感謝《かんしゃ》した。助産学を得意《とくい》とする友恵《ともえ》は、落ち着いて手当てをすることができたのだった。

お産に時間がかかったので、障害《しょうがい》が出なければよいが、と気になっていた子だった。

▲赤ちゃんをだく女の子。 1993年11月／ネパール・アナンダバンにて

「ああ、あのときの子だったのね。元気に育ってよかった。」

バハドゥールとは、〝勇気〟という意味。名前にも多く使われている言葉だ。友恵《ともえ》のほうこそ、勇気づけられる思いだった。

そのゆうれいは、わたしよ

あるとき友恵《ともえ》は、チャパガオンに住んでいる知人を十年ぶりに訪《おとず》れた。用事がすみ、なつかしい診療所《しんりょうじょ》へ車を飛ばした。といっても、スピードを上げて走るわけにはいかない。十年前とはいくらか変わったものの、村の道はあいかわらず、車が通りにくい。

ネパールの宗教、ヒンズー教の神の使いといわれる牛がひるねしていたり、ヤギやニワトリが歩いていたりするからだ。友恵《ともえ》は、十メートルごとくらいにクラクションを鳴らしながら、ゆっくりと車を走らせた。見覚えのある風景が現《あらわ》れた。

診療所《しんりょうじょ》の向かいには屋根のすきまから雨のふきこむ家がまだあった。家の前で、三人の男の人がなにやら話している。

「ナマステ（こんにちは）。」

友恵《ともえ》は声をかけた。

「何年も前、男だって、夜は近づけないこの家に、若《わか》い女の人が一人でいたんだ。」

友恵《ともえ》を見た一人が話しかけてきた。

「昔から、ここに住んだら、森《もり》の精《せい》のたたりがあるといわれていたんだ。だからその女の人は病気になって、車の中でたおれてしまった。そして、いつの間にか姿《すがた》を消してしまった。そのゆうれいが、いまも出るらしい。」

男の人は、こわそうに言った。

友恵《ともえ》は、おかしさをこらえきれずに、

「そのゆうれいはわたしよ。」

おどろいた男の人たちは、しばらく声も出なかった。友恵《ともえ》をまじまじと見た。

友恵《ともえ》は、そのころ、車の中でひるねをしてつかれをとっていたのだ。

友恵《ともえ》の心配

友恵《ともえ》は看護《かんご》学校への帰り道、すれちがう子どもたちの顔を見て、チャパガオンへ来たばかりのころを思いだした。

子どもたちは見ちがえるように健康になっている。栄養バランスのとれた食事ができれば、母親も元気でしっかりした赤ちゃんを産むことができる。

水道が引かれればじめ衛生的《えいせいてき》になって、伝染病《でんせんびょう》も少なくなっただろう。

(あのころはみんなはだしだったのに、さっきの子どもたちはくつをはいていたな。暮《く》らしも豊《ゆた》かになったのね。きっと。)

友恵《ともえ》は、ほっとした。と同時に別の心配が出てきた。

日本製《せい》のテレビをはじめとする電化製品《せいひん》が、ネパールにもどんどん輸入《ゆにゅう》されるようになった。かなり高いが、それを買おうと無理をする人がいる。欲《ほ》しいものが次々と増《ふ》えていけば、そのために働かなければならない。

日本からの新聞や雑誌《ざっし》などで、日本のようすがよくわかる。より新しくて便利なものができるたびに買いかえる人が増《ふ》えている。捨《す》てた電化製品《せいひん》などのゴミの山に困《こま》っている、などというニュースを聞いている。

(せめてネパールの子どもたちには、ものだけに目が向くようにならないでほしい。いつまでも、純粋《じゅんすい》な目の輝《かがや》きをなくさないでね。)

友恵《ともえ》はそういのりながら、チャパガオンのすんだ空気を胸《むね》いっぱい吸《す》った。

青い空の下、氷雪《ひょうせつ》をいただいたヒマラヤ山脈《さんみゃく》がくっきりと美しい。家々の軒《のき》下《した》には、干《ほ》しトウガラシがさがっている。真っ赤なのれんのようだ。

ダンニャバーダ　トモ先生

三年のつもりが、二十一年間になってしまったネパールでの生活にピリオドを打つときがきた。

友恵《ともえ》は日本に帰ると、老《お》いた母親のいる石川《いしかわ》県金沢《かなざわ》市に住むことになった。といっても、当分はネパール生活を支《ささ》えてくれた人たちに報告《ほうこく》するために、あちこち歩くことになった。また、ネパールの学校用の看護《かんご》学《がく》や地域《ちいき》保健《ほけん》の教科書を完成させなければならない。

「ネパールの子どもたちのようすを話しに来てください。」

という講演《こうえん》の申《もう》し込《こ》みもある。

「ネパールだけではなく、世界には日本の助けを必要としている国があります。わたしたちになにができるか考えてみましょう。一日分、いや一食分の食事を、困《こま》っている人に使ってもらうのもいいでしょう。実際《じっさい》、食事をぬいてみれば、空腹《くうふく》の苦痛《くつう》がいくらかわかるかもしれませんね。自分一人がそんなことをしてもたいしたことはない、と思ってはいけません。まず、自分がやってみることです。一人、一人の力は大きいのですよ。」

と、友恵《ともえ》は実感をこめて語る。

日本に帰って間もなく、ネパールから一通の手紙が届《とど》いた。友恵《ともえ》が、助産学を教えた生徒の一人からだった。

『トモ先生お元気ですか。

わたしは、トモ先生の授業《じゅぎょう》の厳《きび》しさについていけず、トイレにかくれてしまった日のことを思いだしています。実習ではいつもきんちょうしていました。トモ先生は「人の命を預《あず》かる仕事に、あまい考えや態度《たいど》は許《ゆる》されません」と、こわい顔でおっしゃいました。

でも、リポートができあがったとき「よくできました。おめでとう！」と、いっしょに喜《よろこ》んでくださいました。うれしかったです。

助産師《じょさんし》としての技術《ぎじゅつ》だけではなく、優《やさ》しさも学ぶことができました。わたしは、トモ先生のネパールの最後の生徒であったことをほこりに思っています。

ダンニャバーダ（ありがとう）、トモ先生』

こんな手紙は、友恵《ともえ》の宝物《たからもの》だ。手紙を読みながら、教え子たちの活躍《かつやく》をいのった。

井上こみち（いのうえこみち）　一九四〇年埼玉県に生まれる。主な作品に『犬の消えた日』、『カンボジアに心の井戸を』（日本児童文芸家協会賞）、『海をわたった盲導犬ロディ』『三宅島のムサシ』などがある。

写真協力・日本キリスト教海外医療協力会（３点とも）

出典：『6年の読み物特集　㊤』所収に一部加筆　学研　1991年

めざせ、プロのたまご料理人！　テレビの料理コンテスト出場！

たまご焼きで勝負

作・上條《かみじょう》さなえ

絵・小松良佳《こまつよしか》

周平《しゅうへい》の夢《ゆめ》

周平《しゅうへい》の夢《ゆめ》は、料理人になることだ。

そう言うと、同級生の白井浩太《しらいこうた》が、

「へえ、なんの料理人？　日本料理とか中華《ちゅうか》料理、いろいろなのがあるけど……。」

と、きいてきた。

「ムフフ……。」

周平《しゅうへい》は、両うでを組んで、ふくみ笑いをした。

「聞きたい？」

周平《しゅうへい》のいたずらっぽい目が、浩太《こうた》

を見た。

「うん。」

浩太《こうた》は、将来《しょうらい》の夢《ゆめ》が、まだばくぜんとしている。なんとなく中学へ行って、高校へ行って、そのあとはまだよくわかってない。

だから、周平《しゅうへい》のように、はっきりとした夢《ゆめ》を持った小学生、いや小学六年生に会ったのははじめてだった。

「おれはね、たまごの料理人になることが夢《ゆめ》なんだ。」

「たまごの?」

浩太《こうた》は、周平《しゅうへい》にききかえした。

「たまごって、ゆでたまごにするあれ?」

「そう。」

周平《しゅうへい》は、給食用のはしをはし箱にしまいながら、大きくうなずいた。

「今日の給食のメニュー、カレーうどんって書いてあったから、期待していたけど、案外ダメだったな。」

周平《しゅうへい》に言われて、浩太《こうた》は自分の顔が赤くなるのがわかった。
（カレーうどん、うちの母さんの作るのより、うまかった。）
と、思っていたからだ。
そうして、さすが、周平《しゅうへい》の舌《した》はちがうと思った。
（今日のカレーうどん、どこがダメだった？）
浩太《こうた》は、周平《しゅうへい》にきいてみたくなった。
周平《しゅうへい》は、鼻筋《はなすじ》の通った鼻のてっぺんを、指でさわりながら、
「カレーの調味料にしてる、コンソメの味が強すぎて、カレー粉《こ》の味が効《き》いてない。」
と、さらっと言った。
浩太《こうた》は、「へえ」と言ったきり、自分の前にある空になったカレーうどんの器《うつわ》を見た。
そして、思わず、器《うつわ》にこびりついたカレーの残りを指でなめてみた。
「やあだ、白井《しらい》くん、不潔《ふけつ》。」

給食係の合田百合《あいだゆり》に注意されて、浩太《こうた》はまた顔を赤くした。

浩太《こうた》は、二学期にこの学校に転校してきたばかりだ。

「なんで、たまごにこだわるの？」

学校の帰り、浩太《こうた》は周平《しゅうへい》と並《なら》んで歩いた。

周平《しゅうへい》に、もっと、いろんなことをききたくなったのだ。

「ここが、おれんち。」

周平《しゅうへい》は、街の中心を流れる二郷用水《にごうようすい》のそばの五階建てのマンションを指さした。

「来る？」

「ああ。でも、学校の帰りに寄《よ》り道《みち》しちゃいけないから、一度、家に帰ってランドセルを置いてくるよ。」

浩太《こうた》が、自分の家へ走りだそうとすると、

「かたいこと言うなよ。人生、そんなに時間がないと思ったほうがいい。もし、きみがここで家にランドセルを置きに行って、交通事故《こうつうじこ》にあったら、きみは、永遠《えいえん》におれの家に来られないんだぞ。」

周平《しゅうへい》にそう言われると、浩太《こうた》は自然《しぜん》に「うん」と返事をしていた。

浩太《こうた》は、周平《しゅうへい》と並《なら》んでエレベーターに乗りながら、周平《しゅうへい》の横顔をまじまじと見た。

額《ひたい》にかかる程度《ていど》に短く切った前髪《まえがみ》、くっきりとした目鼻立ちとスラッとした

体つき、クラスの女の子が、「周《しゅう》ちゃん、周《しゅう》ちゃん」とさわぐのが、男ながら浩太《こうた》にもわかるような気がした。

(ぼくが、大林《おおばやし》くんぐらいかっこよかったら、タレントになるのに。)

浩太《こうた》が、そんなことを思っていると、エレベーターが五階に着いた。

「五階の五〇五が、おれんち。」

周平《しゅうへい》は、ランドセルからかぎを取りだすと玄関《げんかん》のドアを開けた。

周平《しゅうへい》オリジナルレシピ

「腹《はら》、減《へ》っただろ。」

周平《しゅうへい》は、ランドセルをキッチンのいすにかけると、冷蔵庫《れいぞうこ》の中から、小さなどんぶりを取りだした。

「ゆうべの残りの肉じゃが。」

浩太《こうた》の見ている前で、周平《しゅうへい》はどんぶりの中身をアルミホイルに包んだ。それから、冷蔵庫《れいぞうこ》の中からたまご一つを取りだすと、ポンとテーブルの角で割《わ》って、アルミホイルの上に落とした。

「これをオーブンに入れて、十分温めて終わり。」

オーブンの「チン」という音を合図に、周平《しゅうへい》は電気がまからご飯をよそうと、その上にオーブンで温めた肉じゃがを、スプーンでのせた。

「周平風《しゅうへいふう》、肉じゃがどんぶり。たまごをからめて食うとうまいんだ。肉じゃがっていっても、肉はぶただけど。」

浩太《こうた》は、半熟《はんじゅく》のたまごをはしでつついて、肉じゃがにからめた。

「うまいよ。」

浩太《こうた》が言うと、周平《しゅうへい》は「サンキュー」と言って、にんまり笑った。

浩太《こうた》が、ペロリと肉じゃがどんぶりを食べ終わると、周平《しゅうへい》は小皿にたまごを割《わ》って、「見ろよ」と言った。

「このたまご、ただもんじゃないんだ。」

周平《しゅうへい》の言葉に、浩太《こうた》はじっと目の前のたまごを見た。

「わかるか？　このたまごのヒミツ。」

「たまごにヒミツがあるの？」

「うん。」

周平《しゅうへい》はうで組みをして、大きくうなずいた。

「この黄身、朱色《しゅいろ》に近いだろ。それから、はしで少しぐらいつついても、こわれない。やってみろよ。」

浩太《こうた》は、周平《しゅうへい》に言われたように、はしでプックリと盛《も》りあがったたまごの黄身をつついた。

黄身は、プリン、プリンとゆれるだけで、中身がズルリとは出てこなかった。

「このたまご、おれの親友が作ってるんだ。」

周平《しゅうへい》は、自分もご飯茶わんに小皿の生たまごを流し入れると、はしでかき回して、上からネギのみじん切りをふりかけた。

「これを一分間、電子レンジに入れる。で、その上にしょうゆとうがらしを少しふる。できあがったのを、周平風《しゅうへいふう》ピリからたまごご飯って言うんだ。寒いとき、食ってみろよ。体、ポカポカだぜ。」

浩太《こうた》は、肉じゃがどんぶりで、おなかはかなりいっぱいになっていたが、周《しゅう》平《へい》の食べているピリからたまごご飯をひとくちもらった。

「ムッ、ムム、これもいける。」

浩太《こうた》のうなるような言い方に、周平《しゅうへい》は「ハッハハハ」と、上を向いて笑った。

「でも、ぼくと同じ六年生で、どうして大林《おおばやし》くんはこんなに料理ができるの？」

浩太《こうた》は、台所に立って洗《あら》いものをする周平《しゅうへい》の後ろ姿《すがた》に声をかけた。

周平《しゅうへい》の事情《じじょう》

「うちさあ。」

周平《しゅうへい》は、水道のせんをしめると、タオルで手をふきながら浩太《こうた》をふりかえった。

「母ちゃん、おれが小さいとき家を出ちゃって、いなかったんだ。父ちゃんがタクシーの運転手をしながら、おれを育ててたんだ。保育園から、父ちゃんと二人で帰ってきても、家に食べものなんてないんだ。で、おれ、五歳《さい》ごろから自分の飯《めし》は、自分で工夫《くふう》して食ってた。」

浩太《こうた》は、周平《しゅうへい》の話を聞きながら、両親がそろって弟も妹もいる自分の幸せに、はじめて気がついた。

「……って言うと、なんか、おれをかわいそうだって思うやつが多いんだけど、ちがうんだなあ。おれは、こんな家に生まれたおかげで、料理の天才になれたんだ。きみのようにまだ自分の夢《ゆめ》を決めてない人間を見ると、おれはかわいそうだって思うのだよ……。ハッハハ。」

周平《しゅうへい》に肩《かた》をたたかれて、浩太《こうた》は素直《すなお》に「うん、ぼくもそう思う」と、納得《なっとく》した。

「おれ、今度テレビの『小学生料理コンテスト・チャンピオン』に出ることになった。」

「エッ、あの、有名なテレビ番組に？」

浩太《こうた》は、周平《しゅうへい》を見た。

「うん。書類審査《しょるいしんさ》を通ったんだ。テレビでは、その書類どおりに料理するんだ。」

「なんの料理を作るんだい？」

浩太《こうた》の質問《しつもん》に、周平《しゅうへい》はニヤリと笑った。

「もち、たまごを使った料理さ。そうだ、これからおれにつきあわないか。行くとこがあるんだ。」

浩太《こうた》は、素直《すなお》にうなずいた。


前を走る周平《しゅうへい》の自転車が、カーブを曲がるとすぐに止まった。

『恵愛病院《けいあいびょういん》』

三階建ての白い建物を、周平《しゅうへい》は見上げた。

「ここって、老人専門《ろうじんせんもん》の病院だろ。」

浩太《こうた》も自転車を降《お》りながら、周平《しゅうへい》と同じように病院を見上げた。

「ああ、おれの親友がいるんだ。」

「親友？」

周平《しゅうへい》は、首をかしげる浩太《こうた》を置いて、さっさと病院の中へ入っていった。

「二階なんだ。」

周平《しゅうへい》は、両手をジーンズの両ポケットにつっこんだまま、あごで二階を指すしぐさをした。

ある病室に来ると、周平《しゅうへい》は、

「おじゃましまーす。」

と、いつもと変わらない明るさで中に入った。

浩太《こうた》は、六人用のベッドの並《なら》んだ病室に、周平《しゅうへい》の後ろからおずおずと入っていった。

「じっちゃん、どお。おれ、周平《しゅうへい》。」

周平《しゅうへい》は、いちばん窓際《まどぎわ》のベッドにねているじっちゃんに声をかけた。

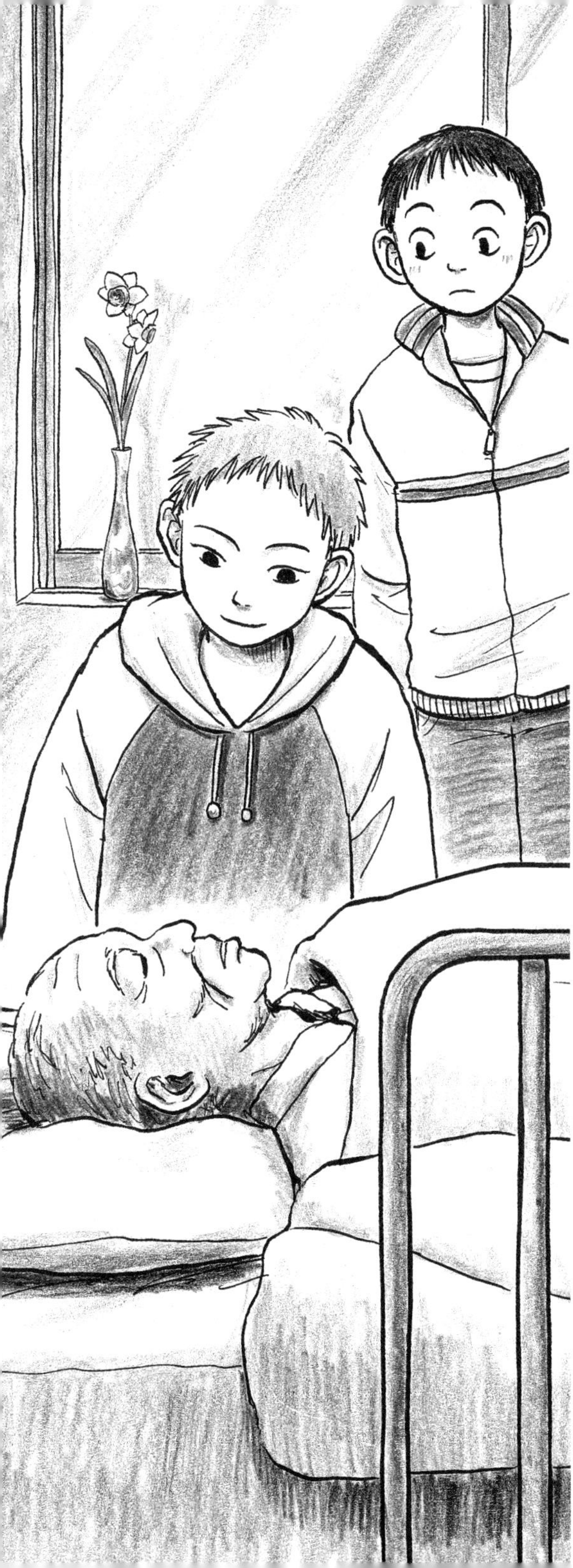

「周平《しゅうへい》か……。このごろ調子悪くてなあ。」
天井を見たまま、じっちゃんがつぶやいた。
「そんなことねえよ。おれ、料理のテレビに出るぞ。じっちゃんが育てたにわとりのたまごを使って料理を作る。ぜったい、チャンピオンになるからよ、じっちゃんも、がんばれ。」

「周平《しゅうへい》、いいたまごを使え。」

じっちゃんはそう言って、ベッドから起きあがろうとした。

「起きたいのか？」

周平《しゅうへい》は、じっちゃんの体をだきかかえるようにして、ベッドに座《すわ》らせた。

「周平《しゅうへい》のたまご焼きは、うまいからなあ。」

じっちゃんの言葉に、周平《しゅうへい》がうれしそうに笑った。


「あのじっちゃん、おれの住んでるマンションの大家《おおや》さんなんだ。おれんちの父ちゃんが病気して、金がなくなったとき、学校帰りのおれを、自分がやってる養鶏場《ようけいじょう》へ呼《よ》んだ。じっちゃんの育てたにわとりは、みんな一羽一羽、太陽の光を浴びて、エサも海そうを混《ま》ぜたものを入れてるから、栄養がたっぷりだって言って、たまごを持たせてくれたんだ。おれと父ちゃん、毎日、そのたまご食ってなんとか生きのびたんだ。」

中川《なかがわ》の土手《どて》にねころんだ周平《しゅうへい》は、向かい側に落ちていく夕日をまぶしそうに見ながら、ポツリ、ポツリとじっちゃんとの思い出話をした。

「それで、たまご料理なんだ。」

「ああ。おれの体、たまごでできてるしな。」

周平《しゅうへい》のひと言に、浩太《こうた》は笑った。

「じっちゃんの育てたにわとりも年をとってきて、もうたまごを産まなくなってきてるって、じっちゃんの息子《むすこ》さんが言ってた。だから、おれ、どうしても、じっちゃんのたまごを、じっちゃんの生きているうちに使いたかったんだ。料理番組に出れば、病院のじっちゃんも見ることができるしな。自分のたまごをさ。」

「ぼく、応援《おうえん》するよ。ぼくにできることがあったら言ってよ。試食するよ、たまご何個《なんこ》でも。」

浩太《こうた》は、周平《しゅうへい》のためなら、たまご百個《こ》でも食べるぞという気持ちになっていた。

たまご焼きで勝負

テレビ番組の収録《しゅうろく》の前の日、周平《しゅうへい》は、あした料理するたまご焼きのレシピを浩太《こうた》に見せた。

「でもさあ、チャンピオンを決める料理番組で、たまご焼きってへいぼんじゃないか。」

浩太《こうた》は、周平《しゅうへい》の作ったレシピを見ながら心配そうに言った。

「そこさ。平凡《へいぼん》なメニューかもしれないけど、おれはじっちゃんの育てたにわとりが産んだたまごで、ほんとうにおいしいたまご焼きを作りたいんだ。」

周平《しゅうへい》は、『山崎養鶏場《やまざきようけいじょう》』と名前の入った段《だん》ボールから、茶色のたまごを大切そうに取りだした。

「これ、さっき、じっちゃんの息子《むすこ》さんにもらってきたんだ。あした、このたまごを使うけど、この十個《こ》のたまごにじっちゃんの名前をフェルトペンで書くんだ。そうすれば、テレビに映《うつ》ったとき、じっちゃんにもわかるだろ。」

「おれも手伝《てつだ》うよ。じっちゃんの名前、なんていうの？」

「山崎隆昭《やまざきたかあき》。だから㊧って、一字を書こう。」

「わかった。」

周平《しゅうへい》と浩太《こうた》は、ゆっくりとたまごにじっちゃんの名前を書いた。

料理番組収録《しゅうろく》の日曜日、浩太《こうた》は周平《しゅうへい》といっしょに、東京《とうきょう》にあるテレビスタジオに行った。

テレビスタジオは、天井のライトがまぶしくて、浩太《こうた》はめまいがした。

「大林《おおばやし》くん、だいじょうぶ？　あがってない？」

浩太《こうた》は、周平《しゅうへい》の顔をのぞきこんだ。

「平気さ。じっちゃんのためにがんばる。」

周平《しゅうへい》は、それでも天井を見つめて、ひと息、ふた息、呼吸《こきゅう》を整えるように、息をはいたり吸《す》ったりした。

（大林《おおばやし》くんでも、きんちょうするんだ。）

浩太《こうた》は、周平《しゅうへい》のまたちがう面を見たような気がした。
収録《しゅうろく》が始まると、周平《しゅうへい》は自分のレシピだけを見て、たまご焼きに挑戦《ちょうせん》した。

周平風《しゅうへいふう》たまご焼きの作り方（レシピとも言う）

１　用意するもの（一人前を想定しています）

＊たまご…二個《こ》　大きさは食べる人に合わせてください。（子どもの場合はウズラのたまご。大人の場合はふつうのたまご。おすもうさんの場合はダチョウのたまごという具合です。）

＊おわん…たまごを割《わ》って入れる容器《ようき》。（わたし――作者はみそしるのおわんを使っています。）

＊調味料

さとう…スプーン一ぱい。

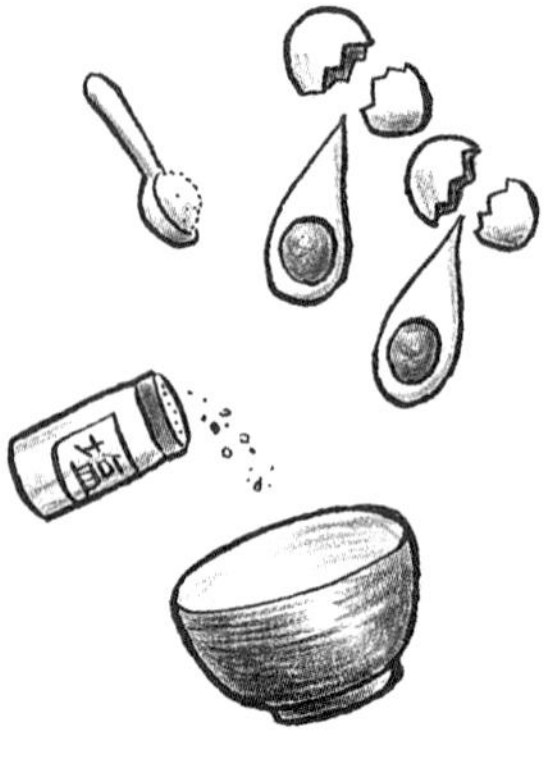

水、しょうゆ…少々。
塩…かくし味として少量入れる。

＊その他
これがミソです。といってもみそを入れるわけではありません。
長ネギ…一センチくらい。（細かくきざむ。）
べにしょうが…少し。（細切りなら四から五切れ）

2 作り方

①たまごを割《わ》って、おわんに入れます。
②さとう、塩をサッと入れます。
③これに水を少々、しょうゆを少々入れます。
④長ネギ、べにしょうがとこれらをいっしょくたに、なんとなく、とうめい感が出てくるまでかきまぜましょう。
⑤あとは、ふつうのたまご焼きと同様にフライパンで焼いてください。

じっちゃんの心を忘《わす》れずに

祭《さい》だんの前に置かれたじっちゃんの骨箱《こつばこ》に向かって、周平《しゅうへい》は手を合わせた。

じっちゃんは、周平《しゅうへい》の出たテレビの料理番組が放送される前の日に死んだ。

浩太《こうた》は、周平《しゅうへい》に話しかける言葉を探《さが》した。あまりにもさびしそうな周平《しゅうへい》の背《せ》中《なか》だった。

「白井《しらい》。」

周平《しゅうへい》が、自分のトロフィーを箱から出した。

「おれのチャンピオン・トロフィー、じっちゃんの写真とよく似合《にあ》うだろ。」

「あっ、ああ。じっちゃんにあげるの？　そのトロフィー。」

「うん。じっちゃんのおかげで、じっちゃんのたまごでチャンピオンになったんだからな、あたりまえさ。」

周平《しゅうへい》は、写真の中のじっちゃんに話しかけた。

「ありがとう、じっちゃん。おれ、もっと、もっと、うまいたまご焼きを作れるようにがんばるよ。じっちゃんの心を忘《わす》れずにね。」

「大林《おおばやし》くん、やっぱり、料理人になるの？」

「あったりまえさ。おれにはそれしかない。」

浩太《こうた》に周平《しゅうへい》が、笑いかけた。

「おれ、料理人になったら、たまご屋周平《やしゅうへい》って、名前にするんだ。」

周平《しゅうへい》の言葉に、浩太《こうた》は胸《むね》が温かくなるのを感じた。

「ぼくも、夢《ゆめ》を見つけなくちゃ。」

周平《しゅうへい》の手が、浩太《こうた》の肩《かた》をだいた。


上條さなえ（かみじょうさなえ）　一九五〇年東京に生まれる。主な作品に『コロッケ天使』『さんまマーチ』『ひみつの猫日記』『やさしい花火』『キャラメルの木』『ぼくは下町のスター！』などがある。

出典：『話のびっくり箱５年　㊤』所収　学研　1999年

尾瀬《おぜ》の道

君を誘《さそ》って
木道《もくどう》をゆこう
天につづく道
一歩ごとに草が苔《こけ》が
君と呼吸《こきゅう》しあう
ミズバショウやキンコウカや
ひとつひとつはとても小さいのだが
集まれば大宇宙《だいうちゅう》になる
たっぷりとした水の湿原《しつげん》だ

作・立松和平《たてまつわへい》

立松和平（たてまつわへい） 1947年栃木県に生まれる。主な作品に『卵洗い』（坪田譲治文学賞）、『毒――風聞・田中正造』（毎日出版文化賞）、『遠雷』『黄色いボール』『山のいのち』などがある。2010年没。

出典：『5年の読み物特集　㊦』所収　学研　1997年

君が息をするたび
一滴《いってき》また一滴《いってき》と水がしたたる
天の一滴《いってき》は
下界におりれば川になる
すべてのはじまりは
君のこの足の下
その場所の名は
尾瀬《おぜ》
君とゆく道
心ひそかに

絵・荒井良二《あらいりょうじ》

『風水《ふうすい》』という“占《うらな》い”にまつわる超《ちょう》不思議な物語。

風水《ふうすい》をみる先生

中国《ちゅうごく》の民話

編訳《へんやく》・伊藤貴麿《いとうたかまろ》

絵・くすはら順子《じゅんこ》

中国の中部地方に、「看地《かんち》先生」という言葉があります。これは、いっぱんの人々のために、風水《ふうすい》をみるのを商売にしている、「看風水《かんふうすい》先生」のことです。それでは、これらの言葉は、いったい、どういう意味でしょうか――。

どこの国にも、家の相《＊そう》をみたり、人の相《そう》をみたりする学問や、それを商売にしている人たちがあります。ところが、中国には、お墓《はか》の相《そう》までみる商売があるのです。しかしそれは、墓《はか》の形の善《よ》し悪《あ》しをみるのではなくて、つまり、先祖《せんぞ》のお骨《こつ》を、ど

この土地にうずめたら、その子孫が幸せになるか、それをみる商売です。この人を「看地《かんち》先生」、または、「看風水《かんふうすい》先生」というのです。そしてその土地の相《そう》をみることを、風水《ふうすい》をみるといい、その結果を、風水《ふうすい》が良いとか、悪いとか申します。

さて、あるとき、たいそうすぐれた、ひとりの看地《かんち》先生がありました。彼《かれ》は、長い年月の間、人のために、良い風水《ふうすい》を占《うらな》ってきましたが、今度は、自分のために、とびきり良い風水《ふうすい》を、探《さが》しあてようと、先祖《せんぞ》のお骨《こつ》をかかえて、旅に出かけていきました。

看地《かんち》先生は、ほうぼう、たくさんの土地を、旅行してまわりました。が、自分が満足のいくような、良い風水《ふうすい》を、探《さが》しあてることは、なかなかできませんでした。

ある日のこと、看地《かんち》先生は、あるいなかへやってきましたとき、そこに土《ど》べいをめぐらした、大きなやしきがあるのを見ました。彼《かれ》は、そのやしきのまわりを、くわしく調べていますと、ついに、やしきの中の方に、たいへん良い風《ふう》

*相《そう》…ものの姿《すがた》、ありさま、形状をいい、ものに現《あらわ》れた吉凶《きっきょう》をみること。人相《にんそう》、手相《てそう》などがある。

水《すい》のあるのを、発見しました。

先生は、心の中で、

――ああ、とうとう、すばらしい風水《ふうすい》を見つけたわい。しかし、人のやしきの中じゃあ、どうしたものだろう。なに、かまうことはない。門をたたいて入っていって、一夜《ひとよ》の宿《やど》をこい、その夜中じゅうに、なんとか、うまい手立てを考えて、やっつければよかろう……。

こう、心が決まりましたので、看地《かんち》先生は、門をたたきました。と、間もなく、ひとりの門番が出てきて、なんの用かと、たずねました。彼《かれ》は、自分は遠くから来た者だが、一晩《ひとばん》とめていただけないかと、言いました。すると、その門番は、気持ちよく、

「そういうことなれば、ちょっと、お待ちください。主人にひとこと、伝えてまいりますから。」

こう言いおわると、おくへ入っていきました。間もなく、召使《めしつか》いが出てきて、言いました。

「どうぞ、お入りください。」

看地《かんち》先生は、そこで、召使《めしつか》いに従《したが》って、まっすぐに、おくの部屋へ、入っていきました。主人は、早くも、客間に出ていて、先生をむかえました。

主人は、五十歳《さい》あまり、人のよさそうな人で、客が入ってきたのを見ると、にこにこして、喜《よろこ》んでむかえ、召使《めしつか》いに、晩《ばん》ご飯の用意を言いつけました。

ふたりが、*よもやまの話をしながら、ご飯を食べてしまうと、主人はまた、召使《めしつか》いに、お客を休ませるために、西の*離《はな》れに、寝床《ねどこ》をとるようにと、言いつけました。

もともと、この家には、東西の離《はな》れがあって、西の離《はな》れは、親類や、友だちをとめるのに用《もち》い、東の離《はな》れは、物置き場に使っていました。そこには、ふだん使わないテーブルや、いすや、材木や、れんがの類《たぐ》いまで、積みっぱなしにしてありました。

看地《かんち》先生は、自分が、今夜、西の離《はな》れに、休まされると聞くと、立ちあがって言いました。


*よもやま…政治や経済《けいざい》など、世の中のこと。

*離《はな》れ…母屋《おもや》からはなれたところにつくった家やざしき。離《はな》れ家《や》、離《はな》れ座敷《ざしき》、離《はな》れ部屋《べや》などのこと。

「あのう、わたくしに、一つのお願いがございます。今夜はどうぞ、東の離《はな》れに休ませていただきたい。かけるものは、ほんの一枚《まい》ありましたら、けっこうでございますから。」

主人は言いました。

「東の離《はな》れは、物置き場にしていますから、お客さまに休んでいただくには、よろしくはございませんが。」

「なんの、なんの、東の離《はな》れで、ぜひ、休ませていただきたいものです。」

主人は、心の中で、

――これまた、不思議なことだ。いったい、どういう考えがあるんだろう……と、あやしみましたが、口には出さず、ただ、こう、召使《めしつか》いに言いつけました。

「このかたが、東の離《はな》れで、休みたいと、おっしゃるから、おまえたちは、れんがなどを片《かた》づけ、きれいにはき清《きよ》めて、寝床《ねどこ》をとるように。」

召使《めしつか》いたちは、言いつけどおりに、立ち働いて、間もなく、部屋はひととお

り、片《かた》づけられ、寝床《ねどこ》の用意もできました。

主人とお客のふたりは、またしばらく、世間話をしていました。と、やがて外で、夜の十時のたいこが鳴りましたので、主人は立ちあがって、お客に休むように言い、自分も、おくの部屋へと引きとりました。

さて、看地先生《かんち》は、東の離《はな》れへまいりますと、寝床《ねどこ》の上へ横になりましたが、着物は、わざと着たままでした。というのも、夜がふけ、人が寝静《ねしず》まるのを待って、起きあがって、仕事にかかろうと、待ちかまえていたからです。

ところが、主人も、ぬけ目のない人で、あのお客が、どうしても東の離《はな》れに、ねようとしたのには、きっと、なにか訳《わけ》があるにちがいないと、思いました。

そこで、お客が、部屋に入ったのを見*すますと、こっそり庭へ出ていって、東の離《はな》れの外から、かべのれんがを、そっと一枚《まい》ぬきとりました。そこから、のぞきこめるようにです。そして、あの、世《よ》にもあやしいお客が、いったい、どんなことをしでかすかを、見張《みは》っていることにしました。

はじめは、部屋の中は、しいんとしていて、客は、死んだように、寝床《ねどこ》の上

＊見すます…気をつけてよく見る。

でねていました。が、やがて十二時が過《す》ぎますと、急にその人は、むっくり起きあがって、きき耳を立てるように、頭をかしげました。――そのとき、あたりはもの音ひとつなく、家中の人々が、みな、寝静《ねしず》まったのを知ると、その人は、にっこりして、努《つと》めて気を落ちつけて、なにやら、自分の仕事に、かかりはじめました。

まず最初は、客は、ふくろの中から、ひとつの小さい、黄色い包みを取りだしました。それは、中に、彼《かれ》の先祖《せんぞ》のお骨《こつ》が、入っているのです。――中国では、人のお骨《こつ》は、黄色いきれで包むので、そのことがわかります。――次に、ひとつの磁石《じしゃく》を取りだしました。彼《かれ》は磁石《じしゃく》で、土地《とち》の方角《ほうがく》を正しく測《はか》り、それから、一丁の小刀《こがたな》を取りだして、寝床《ねどこ》の前の地面をほって、深い穴《あな》をひとつ開けました。――中国では、くつのまま、家の中に入りますので、床《ゆか》は、土間《どま》になっていることが、よくあります。――それから彼《かれ》は、前の黄色い小さい包みを、その穴《あな》の中におしこんで、またうまく土をおおい、平らにならして、気づかれないようにしました。

仕事が、すっかり終わってしまうと、その人は、やれやれというように、手のどろを紙でふきとり、はじめて着物をぬいで、床《とこ》について、ねむってしまいました。

部屋の外から、うかがっていた主人は、どんな考えで、客が、そんなことをやっていることやら、さっぱりわかりませんでした。が、よくよく考えていくと、はっと、さとるところがありました。

――おう、そうだ！　この人は、きっと風水《ふうすい》をみる看地《かんち》先生にちがいない。

――第一に、磁石《じしゃく》なんかを持っていることでも、そうにちがいないことがわかる。……この人は、わしのところの東の離《はな》れに、風水《ふうすい》の良い場所を見つけたので、宿《やど》を借りることを口実《こうじつ》に、自分の先祖《せんぞ》のお骨《こつ》を、ここにうずめたのだ。この人が、西の離《はな》れにとまることをきらったのは、なんと、こういうわけからだったのか……。

主人はまた、これまで、風水《ふうすい》の良い場所がなかったので、自分の先祖《せんぞ》のお骨《こつ》も、まだほうむらず*にいたことを、思いだしました。そして、いま、自分の家

*ほうむる…死体や遺骨《いこつ》を、墓《はか》などにおさめる。埋葬《まいそう》すること。

の中で、こんな風水《ふうすい》の良い場所のあることを、知ったのだから、お客が帰ったあとで、自分のもまた、そこへほうむろうと、ひそかに考えました。

しかし、そのとき、主人は、なんにも言わず、なんにも見ないことにして、またこっそり、部屋へ帰ってねむってしまいました。

あくる朝、看地《かんち》先生は、主人に厚《あつ》く礼を言って、いとま*を告《つ》げました。

主人は、客が帰っていくと、すぐ、彼《かれ》もまた、小さい黄色いふろしきに、先《せん》祖《ぞ》のお骨《こつ》を包んで、東の離《はな》れへ行きました。そして、深い穴《あな》の上《うわ》っかわの土を、かきわけて、自分の小さい包みを、看地《かんち》先生がほった、看地《かんち》先生のものの上に、置きました。そしてその上を、土でうまくおおい、平らにならして、地面をほらなかった前と、ちっともちがわないようにしました。

いっぽう、看地《かんち》先生のほうは、そこの家の門を出ると、またしても、あちこちの土地《とち》を見てまわりました。

そして間もなく、ある高い山のふもとに、またひとつの、良い風水《ふうすい》を発見しました。この風水《ふうすい》は、もし、先祖《せんぞ》のお骨《こつ》をそこにうずめるなら、その子孫《しそん》は、

＊いとま…別れのあいさつ。

代々、天師《てんし》になることができるという、すばらしいものでした。――天師《てんし》というのは、道教《どうきょう》という中国の教えで、いちばん尊《とうと》いとされている位《くらい》です。その天《てん》師《し》の位《くらい》は、父から子どもへ、子どもからまた、孫《まご》へと、代々ずっと、伝《つた》えるものであります――。

ところで、前に看地《かんち》先生が、いなかのやしきの中で見つけて、お骨《こつ》をうずめた場所の風水《ふうすい》は、その子孫《しそん》が、名高い武将《ぶしょう》になれるところのものでした。天師《てんし》と武将《ぶしょう》――この二つを比《くら》べると、今度の天師《てんし》になれるもののほうが、いっそう良いことは、もちろんのことです。

そこで看地《かんち》先生は、先祖《せんぞ》のお骨《こつ》を、この山のふもとへ、移《うつ》しなおそうと決心して、再《ふた》び、さっきのいなかやしきへ、もどっていきました。

やしきの主人は、看地《かんち》先生が、また来たのを見て、たいそう喜《よろこ》びました。そして、晩《ばん》ご飯ののちに、こう言ってたずねました。

「今夜も、たぶん、前どおり、東の離《はな》れでお休みでしょうね。」

看地《かんち》先生は答えました。

「さよう、さよう、はい……。」

主人はそこで、召使《めしつか》いたちに、東の離《はな》れを片《かた》づけるように、言いつけました。

さて、真夜中となって、あたりがしいんとしてきたとき、看地《かんち》先生はまた、こっそり起きだしました。そして前に、お骨《こつ》をうずめたところの、上《うわ》っかわの土をほりおこして、あの小さい、黄色い包みを取りだして、あとまた、土でうまくおおいならしました。——もちろん、このとき、先生は、いま取りあげた包みが、自分のものではなくて、実は主人の家のものであることを、夢《ゆめ》にも知らなかったのでした。

あくる朝、先生は、朝ご飯をいただいてしまうと、主人に別れを告《つ》げて、門を出ました。主人は、前と同じように、また会う日を約＊して、ていねいに送りだしました。

看地《かんち》先生は、お骨《こつ》の包みをたずさえて、あの高い山のふもとへ、引きかえしていくと、方角をよく正して、お骨《こつ》をほうむりました。そしていまや、すっかり満足して、わが家へと帰っていきました。

＊約して…約束して。

二年経《た》ちました。看地《かんち》先生と、あのいなかのやしきの主人とは、風水《ふうすい》の良いところへ、お骨《こつ》をほうむった、しるしが表れて、ふたりとも、孫が生まれることになりました。看地《かんち》先生は、口には出しませんが、心の中で、しきりに、こう考えて、ほくほくしていました。

――今度生まれる、うちの孫は、色白で、まゆは秀《ひい》で、目はすずしく、学者らしい人相で、ゆくゆくは、きっと天師《てんし》にもなるじゃろう……。

やがて、月が満ちると、はたして男の子が、生まれました。ところが、その顔かたちは、看地《かんち》先生が考えていたのとは、大ちがいでした。学者のような、秀《ひい》でたまゆ、すずしい目の子ではなくて、まるで、鬼《おに》をも*ひしぎそうな、いかめしい面《つら》がまえをしていました。

看地《かんち》先生は、大いにびっくりして、思わずうなりました。

「おお、不思議なことじゃ！　この風水《ふうすい》は、こんな顔かたちになるはずでは、なかったが。……これは武将《ぶしょう》になる面《つら》がまえじゃ。けっして、天師《てんし》になるような人相ではない。いったい、どうしたことか、わしにも、さっぱりわから

*ひしぎそうな…おしつぶしそうな。

ぬわい！」

看地《かんち》先生は、いろいろと考えましたが、どうしてもわかりません。そこで、こう思いたちました。

――これは、あのいなかの、最初にお骨《こつ》をほうむったところへ、行ってみるほかはない。あるいは、はじめ、自分がうめたお骨《こつ》が、だれかに、すりかえられたのかもしれない。

看地《かんち》先生はそこで、すぐまた、あのいなかやしきへと、急いで行きました。そこの主人と看地《かんち》先生とは、はじめから気が合って、いまでは、たいそう仲よしになっていました。今度も、看地《かんち》先生が行くと、主人は心からかんげいして、わざわざ酒を買いにやって、もてなしてくれました。

ふたりは、酒をくみかわしながら、よもやまの話をしているとき、主人はふと、思いだしたように言いました。

「先生、今年、わたしんとこに、孫が生まれましたが、とってもかわいいやつですぞ。」

「それは、何日のことでございました？」

看地《かんち》先生は、主人に孫が生まれたと聞いて、びっくりして、こうききました。

主人はそこで、生まれた月日を言いました。

看地《かんち》先生は、それが、自分の孫の生まれた月日と、ほとんどちがわないのを知って、これはきっと、なにかそこに、訳《わけ》があるのにちがいないと、続けて言いました。

「いかがでしょう。だいてきて、お孫さんをひと目、わたくしに、見せてはくださいませんか。」

主人は、さっそく、

「よろしいとも、よろしいとも。」

と言って、召使《めしつか》いに、子どもをだいてきて、お客さまにお見せするようにと、言いつけました。

赤んぼはすぐ、召使《めしつか》いたちに、だかれてきました。看地《かんち》先生がひと目見ると、なんと、まゆは秀《ひい》で、目はすずしく、のちにはあっぱれ、天師《てんし》にもなるような、人相《にんそう》ではありませんか。

看地《かんち》先生は、びっくりして、

――これは、いよいよ、最初ほうむった、自分の先祖《せんぞ》のお骨《こつ》が、きっと主人の先祖《せんぞ》のお骨《こつ》と、取りかわったのにちがいない。……もう、こうなったからには、とっ*くり主人に、たずねてみるよりほかはない。……と、思いましたので、看地《かんち》先生は、主人に向かって言いました。

「ご主人、あなたは、このお孫さんが将来《しょうらい》どんなにえらくなるか、ご存知《ぞんじ》ですか。」

「存《ぞん》じませんな。いなかの百姓《ひゃくしょう》の孫ですから、おおかた、田を作るようになりましょうよ。」

「どうして、どうして。お孫さんは、行く末は、きっと天師《てんし》になられますぞ。」

「どうして、そんなことがわかります?」

「実を申しますと、わたくしは前に、宿をお借りしましたが、それは、お宅《たく》の東の離《はな》れの風水《ふうすい》が、すばらしかったので、ご無理申して、そこへ先祖《せんぞ》のお骨《こつ》

*とっくり…念を入れて。

を、ほうむるためでございました。……そののち、また別に、ある高い山のふもとに、いっそう良い風水《ふうすい》を見つけましたので、かさねてお宅《たく》へあがり、前にうずめておいたお骨《こつ》を取りだして、あらためて、そちらへ、ほうむり変えました。さて、今年、わたしに孫が生まれましたが、どうしたことか、その孫の人相《にんそう》と、ほうむった場所の風水とが、合わないのでございます。これはきっと、なにかのまちがいで、わたくしども両家の先祖《せんぞ》のお骨《こつ》が、入れかわったのでは、ないでしょうかね。」

「ほ、ほう、さようでございましたか。それでは、わたくしども一家が、幸せになったわけでございまするな。——あなたは、ご存知《ぞんじ》ありますまいが、あの夜、あなたが、東の離《はな》れで、穴《あな》をほられたとき、わたくしはつい、こわいもの見たさで、かべの穴《あな》からうかがって、そのとき、あなたがなすったことを、いちいち、目にとめていましたのです。のちに考えまして、——これは良い風水《ふうすい》の場所にちがいない。そして、あなたに良ければ、わたくしどもにも、良いにちがいないと思いました。そのときまで、幸い、わたくしの先祖《せんぞ》のお骨《こつ》も、まだほうむっていませんでしたので、あなたの出立《しゅったつ》せられたのち、あなたのまねをして、その同じところへ、お骨《こつ》の包みをほうむったのでした。のちに二度目に、あなたがいらして取りだしていかれたのは、おおかた、わたくしがうずめました、その上っかわの包みだったのでございましょう。そんな訳《わけ》で、大まちがいとなりまして、わたくしは、たいそう、お気のどくに思っております。」

「どういたしまして、わたくしは、決して後悔《こうかい》はいたしません。孫の人相《にんそう》は、鬼《おに》をもひしぐようですから、行く末は、きっと、名ある武将《ぶしょう》となりましょう。わたくしは、それで満足して、おてんとうさまのおめぐみを感謝《かんしゃ》しております。」

ふたりは、このように話しあって、ともにきげんよく、ハッハッハハと笑いだしました。

その後、この二けんの家は、仲よしになって、代々親しくつきあうようになりました。が、いったい、その孫たちは、どうなったでしょうか。やはり看地《かんち》

*出立《しゅったつ》…出発、旅立ちのこと。

先生の見立ては、神のようで、いなかの主人の孫は、のちに、はたして、張天《ちょうてん》師《し》となり、看地《かんち》先生の孫のほうは、郭子儀《かくしぎ》という、立派《りっぱ》な将軍《しょうぐん》になったということです。

伊藤貴麿（いとうたかまろ） 一八九三年兵庫県に生まれる。主な翻訳作品に『西遊記』『錦の中の仙女』などがある。一九六七年没。

出典：『錦の中の仙女』所収　岩波書店　1956年

ギリシャ神話最強の大英雄誕生《だいえいゆうたんじょう》の秘密《ひみつ》をとくお話。

ヘラクレスの怪物退治《かいぶつたいじ》

ギリシャ神話　文・鈴木武樹《すずきたけじゅ》

絵・村田《むらた》エミコ

一

ヘラクレスは、大空の神ゼウスと、英雄《えいゆう》ペルセウスの孫むすめ、アルクメーネーとの間に生まれた子どもだった。

若《わか》いころ、ヘラクレスは、いとこの、ミュケーナイ王、エウリュステウスの家来《けらい》になっていた。というのは、日の神アポローンのお告《つ》げで、この王の命じる仕事をなしとげれば、死ぬことのない体になると、言われていたからだ。するとはたして、エウリュステウス王は、若《わか》いいとこの評判《ひょうばん》が日に日に高まるのを、ねたみ、おそれて、ある日のこと、ヘラクレスを自分の前に呼《よ》びだした。そして、このゼウスの息子《むすこ》に、難《むずか》しい仕事を、次々に命じた。

それらの仕事は、たとえば、最初が、ネメアにすむ人食いライオンを退治《たいじ》するとか、四番目が、エリュマントス山のいのししを生けどりにするとか、いった具合で、どの一つを引き受けても、ふつうの人間ならたちどころに命を落としてしまうほど、たいへんなものばかりだった。しかし、ヘラクレスは、それを一つ、また一つと、片《かた》づけてゆき、とうとう、神々でもできそうもないような、第十一番目の仕事さえ、立派《りっぱ》に果たしてのけた。つまり、頭が百もある竜《りゅう》に守られた、ヘスペリスの庭から、知恵《ちえ》をうまく働かせて、黄金《こがね》のりんごを取ってきたのだ。

こうなると、ヘラクレスは、人間たちに害を働く、悪いけものや怪物《かいぶつ》を退治《たいじ》したり、すばらしいおくりものを、人間たちにもたらしたりする恩人《おんじん》として、人々からいよいよあがめられるようになった。エウリュステウス王は、ついに

腹《はら》を立てて、どんな怪力《かいりき》の英雄《えいゆう》でも、これだけは無理だと思われる問題を、大神ゼウスの息子《むすこ》にあたえた。

第十二番目の、最後の仕事は、死者の国、タルタロスにおりて、そこの番犬、ケルベロスを連れてくることだったのだ。

このケルベロスは、犬の頭を三つ持つ怪物《かいぶつ》で、おそろしい口からは、絶《た》えず、毒《どく》のあるあわをしたたらせ、しりからは、しっぽのかわりに、竜《りゅう》がたれさがっていた。また、頭と背中《せなか》の毛は、その一本、一本がみなへびで、うす気味悪いとぐろを巻《ま》いていた。そして、この怪獣《かいじゅう》は、地下の国タルタロスを、七巻《まき》まいて流れるステュクス川のほとりにすんでいて、生きた人間が死者の国にまぎれこんできたり、死んだ人間が地上へにげだそうとしたりすると、たちまち、その三つの口でかみついて、ずたずたに引きさいてしまうのだった。

二

さて、ヘラクレスは、この仕事を命じられると、最初に、アッチカのエレウシウスの町へ出かけた。この町には、地上の国と地下の国と、その両方の秘密《ひみつ》にくわしい、年とった神官のエウモルポスが住んでいたので、この老人から、怪獣《かいじゅう》、ケルベロスをたおす方法を教わるためだった。

ところが、しきたりによって、外国の人間は、エウモルポスの弟子《でし》にはなれないことになっていた。そこで、ゼウスの息子《むすこ》は、エレウシウスの町の、ピュリオスという男の養子になって、エウモルポスの神殿《しんでん》を訪《おとず》れた。すると、この年老いた神官の言うには、ヘラクレスは、むかし、第四番目の仕事をするとき、腰《こし》から上は人間で、下は馬という怪物《かいぶつ》のケンタウロスたちを殺《ころ》しているので、まず、その罪《つみ》のけがれを清めなければならない、とのことだった。

その清めの儀式《ぎしき》がすむと、エウモルポスは、ようやく大神の息子《むすこ》を弟子《でし》として認《みと》めた。そして、タルタロスのおそろしい番犬に立ちむかう力を授《さず》けてくれたわけだが、ただ一つ、生きながらにして、死者の国におりることだけは、自分の力では、どうにもならない、と言った。

ヘラクレスは、これには、困《こま》った。ところがこのとき、大空の神ゼウスは、息子《むすこ》のなげきを、はるか遠くから聞きつけて、知恵《ちえ》と音楽の女神《めがみ》、アテーネーと、死者の案内役を務《つと》める神のヘルメースとを、若《わか》い英雄《えいゆう》のもとに差しむけることにした。

そこで、旅行と郵便《ゆうびん》、学問と運動競技《うんどうきょうぎ》の保護者《ほごしゃ》で、商《あきな》いと、ぬすみと、ばくちの神ヘルメースは、足には、つばさの生えたサンダルをはき、手には「ねむりのつえ」を持ち、頭にはつばの広い帽子《ぼうし》をかぶって、美しい女神のアテーネーを従《したが》えながら、エレウシウスの町にくだった。

三

ところで、死者の国、タルタロスにおりる表口は、オーケアノス川のほとりの、黒いポプラの森の中にあった。しかし、いくらヘルメースでも、生きているヘラクレスをこの表口から、堂々《どうどう》と地下の国へ送りこむことはできなかった。それは、生きた人間がここから死者の国へ入らないように見張《みは》るという、自分の仕事を、自分から進んでけがすことになるからだった。また、たとえ義務《ぎむ》にそむいて、大神の息子《むすこ》を地下に連れこんだところで、この入り口から中に入れば、すぐ先には、ステュクス川が流れていた。

そして、その川をわたるためには、カローンのあやつる船に乗らなければならないのだが、このわたし守《もり》は、生きている人間はすぐ、においをかぎつけて、決して、向こう岸のタルタロスへはわたしてくれないのだった。

アテーネーとヘルメースは、いろいろと相談をして、とうとう、ラコーニアの国のタイナロンにあるほら穴《あな》から、地面の下にもぐりこむことにした。

四

女神と、夢《ゆめ》とねむりの神と、若《わか》い英雄《えいゆう》とが、その暗くてせまい岩穴《いわあな》の中を手さぐりで進んでゆくと、長い時間のあとで、ようやく、ほら穴《あな》が終わり、三人は外へ出た。

そこは、ステュクス川をわたったすぐのところで、死者の国、タルタロスの、いちばん手前のあたりであった。

目の前には、アスポデルと呼《よ》ばれる、陰気《いんき》な草原が、うす暗く広がっていた。よく見ると、この草原には、一面に、死者たちが群がって、こうもりみたいにチッチッと鳴きながら、うごめいていた。その間を、英雄《えいゆう》たちのたましいが、どこへ行くというあてもなく、さまよい歩いていた。

それから、目を上げて、遠い先の方をながめれば、草原のつきた向こうがわには、アスポデルよりもっと暗い、「暗やみ」がたちこめ、その中に、死者の国、タルタロスの王、ハーデースと、きさきのペルセポネーの住む宮殿《きゅうでん》が、黒々とそびえ立っていた。

そばに、白くぼんやりと見えるのは、糸杉《いとすぎ》の木で、その下には、レーテーの「ものわすれの泉《いずみ》」があるのだった。

突然《とつぜん》、チッチッという鳴き声が乱《みだ》れはじめて、あたりがさわがしくなった。ぼうれいたちが、血と肉を持つ生きた人間、ヘラクレスが死者の国にしのびこんできたのに気がついて、ちりぢりににげはじめたのだ。ただ、かみの毛がへびになっているメドゥーサと、勇士《ゆうし》メレアグロスだけは、じっと立ちどまって、にげようとしなかった。

ヘラクレスが、つるぎをぬいて、メドゥーサにきりかかろうとすると、ヘルメースは、そのうでをおさえて、言った。

「これは、むなしいまぼろしだから、刀できりつけても、むだだ。」

そこで、今度はメレアグロスに弓を引いたところ、この勇士《ゆうし》はヘラクレスに向かって、優《やさ》しく手をあげて、親し気に口をきいてきたので、ゼウスの息子《むすこ》は、この勇士《ゆうし》をあわれんで、

「地上に帰ったら、あなたの妹のデーイアネイラを妻《つま》にしよう。」

と、約束した。

五

それから、なおも歩いてゆくと、ヘラクレスは、ハーデースの都の門のとこ

ろで、友だちのテーセウスとペイリトオスとを見かけた。ふたりとも、ハーデースのいかりにふれて、石にくさりでしばりつけられているのだった。

若《わか》い英雄《えいゆう》は、助けてほしいという、このふたりの友だちの願いを入れて、タルタロスの王妃《おうひ》、ペルセポネーにうかがいをたててみた。

すると、女王はそのたのみごとを気持ちよく許《ゆる》してくれたので、大神の息子《むすこ》は、まずテーセウスのくさりをほどいてやった。

次に、ペイリトオスを助けあげようとして、その手を引っぱると、足元の大地がぐらぐらゆれた。

ヘラクレスは、おどろいて、この友だちはこのまま残してゆくことにした。

そのあと、今度は、王妃《おうひ》、ペルセポネーの母親、デーメーテルをおこらせて、岩の下じきにされている男がいた。ヘラクレスは、この男も、岩を取りのけて助けだしてから、ぼうれいたちに生き血を飲ませて、死者の国のようすを聞きだすために、そばにいたハーデースの飼《か》い牛《うし》を一頭、殺《ころ》そうとした。

しかし、牛飼《うしか》いのメノイテースが、そうはさせまいとして、いどみかかってきたので、若《わか》い英雄《えいゆう》は、その男の体をつかみ、胸《むね》の骨《ほね》をへし折って、もう少しで、命をうばいかけたところ、そこへ、ふいにペルセポネーが現《あらわ》れて、召使《めしつか》いの命ごいをした。

ゼウスの息子《むすこ》は、しかたなく、先ほどのお礼のつもりで、牛飼《うしか》いから手をはなしてやることにした。

六

さて、こうして、いよいよ死者の国に王、ハーデースの都の門の前に来ると、その入り口のところに王が立っていて、ヘラクレスが中に入るのを、どうしても許《ゆる》そうとしなかった。ヘラクレスは、いかりに燃《も》えて、矢を放った。すると、ハーデースは肩《かた》を射《い》ぬかれて、生きた人間と同じように苦しみはじめ、そのため、もうそれ以上はさからわなくなった。それでヘラクレスも、声をやわらげて、番犬のケルベロスをわたしてほしいと、言った。

「いま持っているこの武器《ぶき》は、一つも使わずに、あの犬を生けどりにできたら、差しあげよう。」

と、ハーデースはこたえた。

そこで、ヘラクレスは、胸《むね》に胸当《むねあ》てをつけ、体にはライオンの毛皮をまとって、怪獣《かいじゅう》をつかまえに出かけた。そのときケルベロスは、ちょうどステュクス川の支流《しりゅう》の、アケローン川の河口にうずくまっているところだったが、生きた人間が自分のほうに近づいてくるのに気がつくと、三つの口でけたたましくほえはじめた。

たちまち、おそろしい声が、頭の真上で鳴るかみなりみたいに、あたり一面にとどろきわたり、山々はゆれ、川の水ははげしく波だった。しかし、大神の息子《むすこ》、ヘラクレスは、おそれおののく気配も見せずに、怪獣《かいじゅう》に勇ましく飛びかかって、あっという間に、三つの頭をひざとひざとの間にはさみこみ、ついでに首すじを両手で強くおさえつけた。

だが、ケルベロスもさるもの、しっぽの竜《りゅう》の口で、ヘラクレスの太ももに、

がぶりとかみついた。若《わか》い英雄《えいゆう》は、あまりの痛《いた》さに、思わずうめき声をあげたが、しかし、そのためにひるんで、手の力をぬくようなことはしなかった。それどころか、ありったけの力をふるい起こして、怪物《かいぶつ》の首のつけねをぐいぐいしめつけた。

ケルベロスは、四本のあしをばたばた動かして、苦しそうにもがき、それと同時に、ヘラクレスのももをかむ口の力を、いよいよ強めた。しかし、大神の息子《むすこ》は負けなかった。痛《いた》みのために気が遠くなりそうなのを、じっとこらえて、目をつむりながら、犬の首すじをおさえるうでをはなさなかったのだ。

七

ついに、怪獣《かいじゅう》のからだから力が消え、さすがのケルベロスも、ぐったりとなった。ヘラクレスは、立ちあがると、この化けものの犬をだきあげて、来たときとは、別のところからまた地上に出た。ケルベロスは、生まれてはじめて見る日の光におどろいて、三つの口から毒《どく》のあわをふいたが、ゼウスの息子《むすこ》は、それにはいっさいかまわず、この怪物《かいぶつ》をくさりにつないで、ティーリュンスの町に住む、いとこのエウリュステウス王のところへ引っ立てていった。

エウリュステウス王は、ケルベロスのおそろしい姿《すがた》をひと目見るなり、縮《ちぢ》みあがり、いまはこれまでと、ヘラクレスを殺す気持ちは捨《す》てて、にくいいとこにひまを出した。

そこで、ヘラクレスは、ケルベロスを連れて、もう一度タルタロスにくだり、この死者の国の番犬をハーデースに返した。そして、また、地上にもどると、アポローンのお告《つ》げのとおり、不死の身になって、英雄《えいゆう》の中の英雄《えいゆう》と呼《よ》ばれるようになった。

鈴木武樹（すずきたけじゅ）　一九三四年静岡県に生まれる。主な翻訳作品に『アルプスの少女』『アガトン＝サックスの大冒険』『ゆかいなどろぼうたち』などがある。一九七八年没。

出典：『5年の読み物特集号』所収　学研　1969年

お話を読みおわって

日本児童文学者協会元会長
木暮正夫《こぐれまさお》

一冊《さつ》で数百ページもある長編《ちょうへん》を読みおえたあとの達成感も読書の喜《よろこ》びですが、多くの作家の短編《たんぺん》を一冊《さつ》に編《あ》んだ作品集には、独自《どくじ》の味わいとおもしろさがあるものです。この作品集で心ひかれた作品の作者の、ほかの作品を読んでいくことも、読書をより深める方法ではないでしょうか。

『**ハボンスの手品**』……わが子に先立たれた旅の手品師《てじなし》が、魔法使《まほうつか》いの老婆《ろうば》から教えられたシャボン玉の術《じゅつ》で人気者になりながら、みずから消えていく物語。悲しくも幸福だったのではないか。そんな読み方もできるでしょう。

『**弟**』……エッセイ風の文章で、若《わか》くして亡《な》くなった弟への思いがつづられています。自分が弟から「じいねえ」と呼《よ》ばれたこと、歌のこと、棒《ぼう》の状態《じょうたい》ののりまきの思い出……。行間も読んでほしい、しみじみとした文章です。

『てつがくのライオン』（詩）……二つの意外な取り合わせが奇妙《きみょう》なおもしろさをかもしだしています。ライオンと哲学《てつがく》、ライオンとかたつむり。実に機知に富んでいて、〝哲学《てつがく》〟がなにかわかるような気がしてきます。

『第三者』……長年にわたって、憎《にく》みあってきた二人。森の中で鉄ぽうを持って向き合う二人に、意外な「第三者」が関わり、状況《じょうきょう》はがらりと変《か》わっていきます。短編《たんぺん》の名手と言われるサキならではのだいご味が味わえます。

『一マイル競走』……「結果良ければすべて良し」とはいえ、監督《かんとく》から敵《てき》のチームをあざむく作戦を言いわたされ、実行しなければならない主人公。陸上競《きょう》技《ぎ》を通して、人生を深く考えさせる作品です。

『宮本武蔵《みやもとむさし》の子』……剣豪《けんごう》、宮本武蔵《みやもとむさし》の養子になった伊織《いおり》を軸《じく》に書かれた異色《いしょく》作《さく》。緊迫《きんぱく》した場面の連続で、〝剣聖《けんせい》〟とうたわれた武蔵《むさし》の実像《じつぞう》が描《えが》かれています。時代背景《はいけい》にも目を向け、読書の幅《はば》を広げてください。

『夕暮《ゆうぐ》れの占《うらな》い師《し》』……親友が転校してしまうことになって落《お》ちこんだ麻美《まみ》が、占《うらな》い師《し》の助言で立ちなおるまでを、きびきびとした文章でえがいています。作品の中の占《うらな》い師《し》には、多くのみなさんが会ってみたいと思うことでしょう。

『ダンニャバーダ　わたしのネパール』……ネパールのいなかの診療所《しんりょうじょ》で長い間医療活動《いりょうかつどう》に当たられた俵《たわら》さんのひたむきな生き方から、命を預《あずか》る仕事についた人の使命感がまっすぐに伝わってくるノンフィクションです。

『たまご焼きで勝負』……主人公周平《しゅうへい》は、六年生ですでに将来《しょうらい》の職業《しょくぎょう》を決めています。「がんばれ周平《しゅうへい》！」と声援《せいえん》したくなりますね。

『尾瀬《おぜ》の道』（詩）……単なる自然讃歌《しぜんさんか》ではなく、「小さな命たちが集まって大《だい》宇宙《うちゅう》を形成している」という、作者の自然観が凝縮《ぎょうしゅく》されています。わたしたちひとりひとりが「天の一滴《いってき》」。わたしたちの心を〝浄化《じょうか》〟させてくれる詩です。

『風水《ふうすい》をみる先生』……お話としては申し分なくおもしろいのですが、風水によって「人は生まれながらにして将来《しょうらい》が定められている」という中国の〝東洋思想〟には、疑問《ぎもん》を感じて良いのではないでしょうか。

『ヘラクレスの怪物退治《かいぶつたいじ》』……ギリシャ神話の怪力《かいりき》の英雄《えいゆう》ヘラクレスの出生から、数々の厳《きび》しい試練のすえに、不死身の大英雄《だいえいゆう》になるまでを語っていて、そこには人類が〝物語〟にたくした夢《ゆめ》や理想がみてとれます。

選者　木暮正夫（こぐれ　まさお）　日本児童文学者協会元会長
1939年群馬県生まれ。代表作『また七ぎつね自転車にのる』『街かどの夏休み』『二ちょうめのおばけやしき』『かっぱ大さわぎ』など多数。絵本やノンフィクションも手がけた。2007年没。

岡　信子（おか　のぶこ）　日本児童文芸家協会元理事長
1937年岐阜県生まれ。20代より童話創作を始める。代表作『花・ねこ・子犬・しゃぼん玉』（児童文芸家協会賞受賞）『はなのみち』（光村図書・一年国語教科書に掲載）など多数。

表紙絵　スタジオポノック／米林宏昌　©STUDIO PONOC

装丁・デザイン　株式会社マーグラ

協力　藤田のぼる　入澤宣幸　勝家順子　グループ・コロンブス（お話のとびら）　とりごえこうじ（お話のとびら）

よみとく10分

10分で読めるお話　6年生

2005年3月13日　第1刷発行
2019年11月19日　増補改訂版第1刷発行

発行人　松村広行
編集人　小方桂子
企画編集　矢部絵莉香　井上茜　西田恭子
発行所　株式会社 学研プラス
〒141-8415　東京都品川区西五反田2-11-8
印刷所　三晃印刷株式会社

【編集部より】
※本書は、『10分で読めるお話六年生』（2005年刊）を増補改訂したものです。
※表記については、出典をもとに読者対象学年に応じて一部変更しています。
※作品の一部に現代において不適切と思われる語句や表現などがありますが、執筆当時の時代背景を考慮し、原文尊重の立場から原則として発表当時のままとしました。

【この本に関する各種お問い合わせ先】
• 本の内容については　Tel 03-6431-1615（編集部直通）
• 在庫については　Tel 03-6431-1197（販売部直通）
• 不良品（落丁、乱丁）については　Tel 0570-000577（学研業務センター）
〒354-0045 埼玉県入間郡三芳町上富279-1
• 上記以外のお問い合わせは　Tel 03-6431-1002（学研お客様センター）

【お客さまの個人情報取り扱いについて】
アンケートハガキにご記入いただいてお預かりした個人情報に関するお問い合わせは、株式会社学研プラス 幼児・児童事業部（Tel. 03-6431-1615）までお願いいたします。当社の個人情報保護については、当社ホームページ https://gakken-plus.co.jp/privacypolicy/ をご覧ください。

学研の書籍・雑誌についての新刊情報・詳細情報は、下記をご覧ください。
学研出版サイト　https://hon.gakken.jp/

ここからは、本の後ろから読んでね。

ヘラクレスの神話クイズ

ヘラクレスは、おそろしいケルベロスに勇かんに立ちむかったね。
場面を思いだしながら、クイズにちょう戦しよう。（答えはページの下にあるよ）

1. ヘラクレスのお父さんはだれ？

ア 英雄《えいゆう》ペルセウス
イ 大空の神ゼウス
ウ 日の神アポローン

2. ヘラクレスが11番目の仕事で手に入れたものは？

ア つばさの生えたサンダル
イ 黄金《こがね》のりんご
ウ ねむりのつえ

3. ヘラクレスが死者の国で会ったのは？

ア メドゥーサ
イ 神官《しんかん》エウモルポス
ウ ケンタウロス

4. 死者の国の番犬ケルベロスには、しっぽのかわりになにがある？

ア くさり
イ へび
ウ 竜《りゅう》

答え 1.イ 2.イ 3.ア 4.ウ

自分の将来《しょうらい》を思いえがいてみよう

あなたには、周平《しゅうへい》のようにはっきりした夢《ゆめ》がある？　それとも浩太《こうた》のように、まだぼんやりとしているかな。将来《しょうらい》について、考えてみよう。

周平《しゅうへい》の場合には……

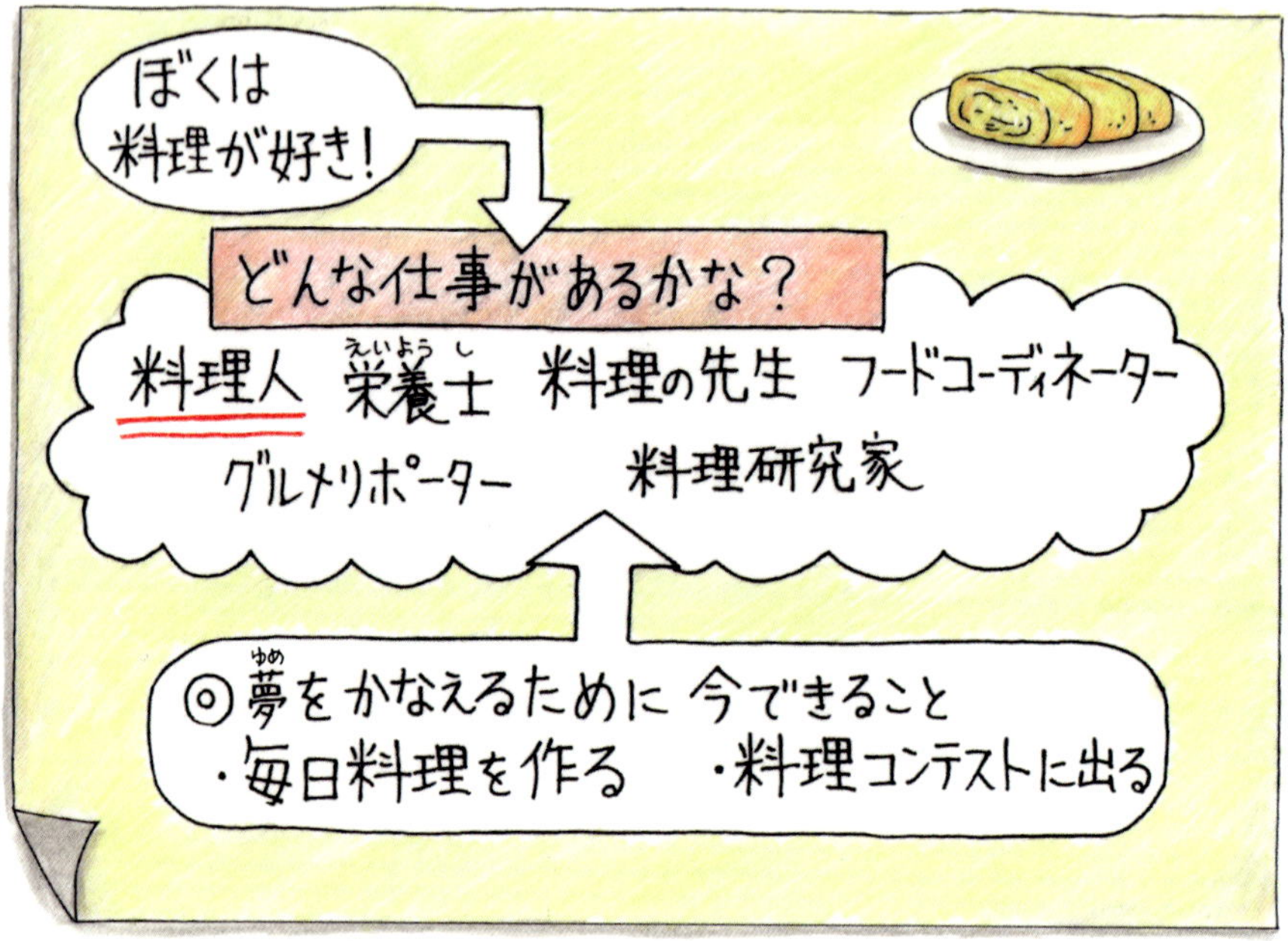

好きなこと、得意《とくい》なことは？

あなたは、なにをするのが好き？　得意《とくい》なことはなに？　まずはそこから思いつくキーワードや職種《しょくしゅ》を書きだしてみよう。そして、今からどんなことができるのかを、考えてみよう。

ノンフィクションを読もう

事実に基《もと》づいた伝記や旅行記などの話を、ノンフィクションというんだ。このお話のように、日本から遠くはなれた土地で活《かつ》やくする人のことを書いたノンフィクションを読んでみよう。

折り紙でたくさんの笑顔を　田島栄次《たじまえいじ》（学研）

小学生のときに視力《しりょく》を失った加瀬三郎《かせさぶろう》さんが、カメラマンの田島《たじま》さんといっしょに、世界中の子どもたちと折り紙で交流する旅に出ます。困難《こんなん》な状況《じょうきょう》にある子どもたちを元気づける加瀬《かせ》さんの姿《すがた》は、言葉が通じなくても心を通わせることができるのだと教えてくれます。

トットちゃんとトットちゃんたち　黒柳徹子《くろやなぎてつこ》（講談社・青い鳥文庫）

女優《じょゆう》の黒柳徹子《くろやなぎてつこ》さんが、ユニセフの親善《しんぜん》大使として、戦争や災《さい》害《がい》、貧《まず》しさなどで苦しむ世界の国を訪《たず》ねます。そこで出会った子どもたちとの話は、とても同じ世界とは思えない現実《げんじつ》を私《わたし》たちに伝えてくれます。世界を広げてくれるお話です。

ブータンの朝日に夢《ゆめ》をのせて　木暮正夫《こぐれまさお》（くもん出版）

ブータンでよく知られ、尊敬《そんけい》されている日本人、西岡京治《にしおかけいじ》さんのお話です。国際協力事業団《こくさいきょうりょくじぎょうだん》（当時）の一員としてブータンに来た西《にし》岡《おか》さんは、大好きな自然と人々に囲《かこ》まれながら、この国の農業の発展《はってん》のためにに一生をささげました。

宮《みや》本《もと》武《む》蔵《さし》ってどんな人？

宮本武蔵《みやもとむさし》は、今からおよそ400年前の江《え》戸《ど》時《じ》代《だい》初期に実在《じつざい》した剣士《けんし》だ。
剣《けん》の達人として有名だけど、どんな人物だったのかな。

180cm《センチメートル》以上の大男

当時の男性《だんせい》の身長は平均《へいきん》150センチメートルほどでしたが、武蔵《むさし》はずっと大きかったといわれています。

60戦以上して無敗

武蔵《むさし》は、たとえひきょうといわれようと、試合に勝つことをなによりも優先《ゆうせん》しました。真剣《しんけん》（木刀《ぼくとう》などではなく、本物の刀）による戦いでは、負けは死を意味するからです。

どうくつで兵法書

剣術《けんじゅつ》の極意《ごくい》についてまとめた『五輪書《ごりんのしょ》』は、宮本《みやもと》武蔵《むさし》の代表的な書物として有名です。晩年《ばんねん》を熊本《くまもと》で過《す》ごした武蔵《むさし》は、この本を、山にある、どうくつの中で書いたといわれています。

永青文庫蔵

文《ぶん》武《ぶ》両道《りょうどう》

水墨画《すいぼくが》、書道、工芸などでも、優《すぐ》れた作品をたくさん残しています。左の絵は武蔵《むさし》による、「鵜《う》図《ず》」という水墨画《すいぼくが》の作品です。

てつがくのライオン 42ページ

哲《てつ》学《がく》って、なんだろう。

哲学《てつがく》とは、この世のことや、人間、人生などについて深く考える学問のこと。有名な哲学者《てつがくしゃ》は、どんなことを言っているかな。

自分が無知であると知っている者は、自分が無知であると知らない者よりかしこい。

ソクラテス

紀元前《きげんぜん》469年ごろ－紀元前《きげんぜん》399年

我《われ》思う、ゆえに我在《われあ》り（私《わたし》は今思っている、それはつまりここに私《わたし》が存在《そんざい》するというあかしだ）。

デカルト

1596年－1650年

人間は考える葦《あし》だ（水辺に生える植物の葦《あし》と同じで、人間は弱い存在《そんざい》だ。しかし、人間は考えることができる葦《あし》なのだ）。

パスカル

1623年－1662年

▶ あなたも（　　　）の中に入ることばを考《かんが》えて、哲学《てつがく》してみよう。

（　　　　）とは、（　　　　）のようなものだ。

それは（　　　　　　　　　　　）だからだ。

例　読書とは、食事のようなものだ。
それは、知らないうちに、心の血となり、肉となっていくからだ。

ハボンス 並《なら》べかえクイズ

子どもをおもう手品師《てじなし》の、悲しく、不思議なお話だったね。
下の絵をお話と同じ順に並《なら》べかえよう。（答えはページの下にあるよ）

ア 都《みやこ》で、はじめてシャボン玉の手品をする

イ 子どもの姿《すがた》と大きなシャボン玉が空を飛ぶ

ウ 王様に会う

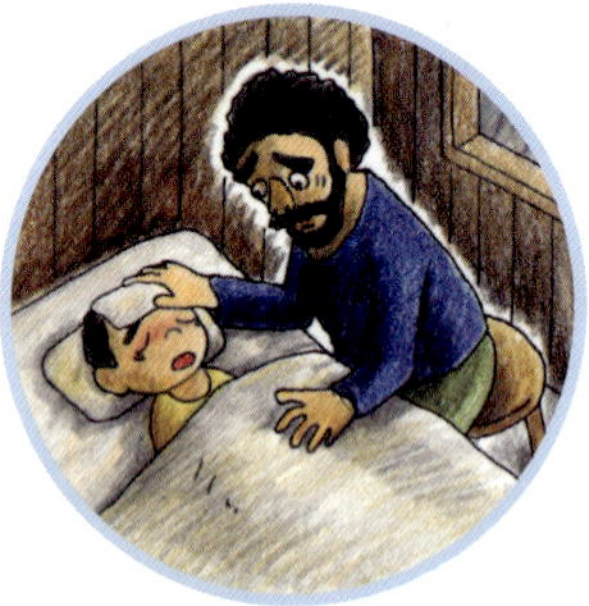

オ 子どもが病気になる

エ 魔法使《まほうつか》いからむくろじの実と銀のはちをもらう

答え オ→エ→ア→ウ→イ

読書ノートを書いてみよう！

同じ作品でも、時間をおいて読みかえすと、新たな発見や感動があるかもしれないね。今の感想を記録しておこう。

書き方の例《れい》

題名　弟　作者　宮口《みやぐち》しづえ

読んだ日　20XX 年●月▲日

感想

主人公の姉と、少し年のはなれた弟との切な

話だった。ベッドに横になっている弟に「

とよばれたシーンにじんときた。

そして「のりまきずし」のエピソードも心に

お母さんを悲しませてしまったことは、きっと弟も

かたすみにかかえて、これまで生きてき

してこの「のりまきずし」のよう

もあるとと思う。

つひとつ積

り、心が

もきっと向

おすすめ度 ★★★★★

ポイント1

読んだ本の情報《じょうほう》を書きましょう。
好きなお話があったら、
同じ作者が書いたほかのお話も
探《さが》してみましょう。

ポイント2

おもしろかったところや、
自分ならどうするかなど、
自由に書きましょう。

ポイント3

このお話のおすすめ度を
星の数で、表してみましょう。
気に入ったお話は、
ほかの人にしょうかいして
みましょう。

使うノートは
どんなものでもいいよ。
自分の好きなノートだと
書くときの気分も
ちがうよ。

お話のとびら

いろいろなお話があったね。
読んだお話をふりかえってみよう!

絵・堀江篤史《ほりえあつし》